「東海道中膝栗毛
弥次・北の
はちゃめちゃ旅歩き!」
はじまるよ♪

東海道中膝栗毛

弥次・北のはちゃめちゃ旅歩き！

原作／十返舎一九
文／越水利江子
絵／丸谷朋弘

Gakken

物語ナビ

江戸から始まる、弥次・北のゆかいな旅の物語

「東海道中膝栗毛」は、江戸時代に書かれた、弥次さんと北さんが江戸から伊勢に向かって旅をするお話だよ。

主な登場人物

北八（北さん）

もともと役者をしていたけれど、弥次さんとつれだって旅に出ることに。

マメ知識① 「東海道中膝栗毛」って？

「東海道」は、江戸の日本橋から京都をむすぶ、交通上大切な道のこと。「膝栗毛」とは、自分のひざを、栗色の毛なみの馬のように使って、てくてくと歩いて旅をすること。これは、東海道を旅歩きする、という意味なんだ。

弥次さんは、もともと先祖代々つづく大きな商店のあとつぎ息子だった。けれど、遊びでお金をつかって、お店をつぶしてしまったよ。

弥次郎兵衛（弥次さん）

借金取りからのがれるため、伊勢へ旅に出る。

マメ知識2 二人は、狂歌がとくい！

狂歌とは、五・七・五・七・七の31音で、しゃれやおもしろいことをよんだ歌のことで、特に江戸時代に、町人や武士のあいだではやった。二人も、おとずれた各地にちなんだ歌をつくる。

※「弥二郎兵衛」「喜多八」など、名前の表記は複数ありますが、本書では「弥次郎兵衛」「北八」としています。

うららかな春、
江戸の日本橋から、
弥次さんと北さんは、
お伊勢参りの旅に出る。
はてさて、これからの旅の道中、
何が起こるやら？
いったい、どんなことが起こるのかな？
ページをひらいてね。

弥次さん
北さん
おもしろおかしい、二人のゆかいな旅。
ページを
ひらいてね。

お話によく出てくるキーワード

このお話によく出てくるものを、紹介するよ。江戸時代の旅に、かかせないことだよ。

①宿場町

昔、大きな道ぞいに宿がいくつもたてられた。その宿場を中心として、さかえた町のことだよ。

宿場町の一つ、品川。　国立国会図書館　所蔵

②旅籠

旅人が泊まって休む所。たいてい食事がついていたよ。

旅のつかれは、旅籠のふろで取るぜ！

赤坂の宿でくつろぐ人々。　国立国会図書館　所蔵

③茶店

道ばたなどにあって、通る人が休んだり、お茶などを飲んだりする小さな店のこと。

休むのに、ちょうどいいんだ！

大津の茶店。　国立国会図書館　所蔵

④関所

国ざかいや大事な道に役人をおいて、通る旅人や荷物を調べた所。江戸と伊勢の間に、いくつか関所があったよ。

旅人を調べる、箱根の関所。　神奈川県立歴史博物館　所蔵

弥次さん
北さん
おもしろおかしい、二人のゆかいな旅。
ページをひらいてね。

江戸時代の

旅にかかせないアイテム

弥次さんと北さんが、旅行するときのかっこうだよ。今とくらべると、どうちがうかな？

三度がさ

顔をおおうように深く作られたかぶりものだよ。日よけ、雨よけになる。

大事な物は、ふところに。

お金や関所の通行許可証などは、ふところに入れておくよ。

ふり分け荷物

旅行のためのかばん。二つの荷物をひもでむすび、肩からさげる。

わらじ

わらであんだ、はきもの。わらがすりきれたら新しい物にかえるよ。

道中さし

短い刀。わきざしともいう。侍じゃなくても、届けを出せば持つことができる。

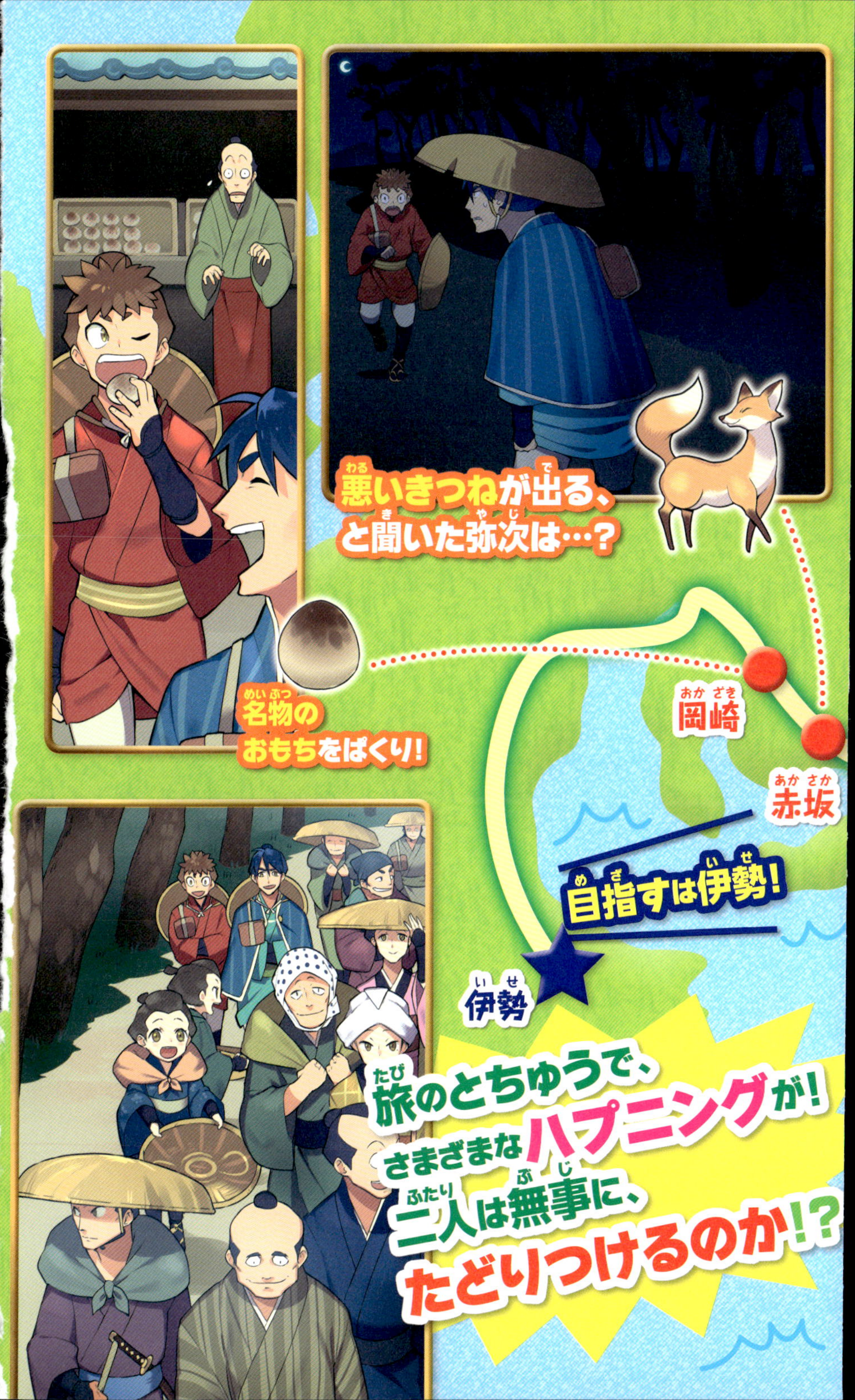

悪いきつねが出る、
と聞いた弥次は…？
名物の
おもちをぱくり！
岡崎
赤坂
目指すは伊勢！
伊勢
旅のとちゅうで、
さまざまなハプニングが！
二人は無事に、
たどりつけるのか！？

お話によく出てくるキーワード

このお話によく出てくるものを、紹介するよ。江戸時代の旅に、かかせないことだよ。

①宿場町

昔、大きな道ぞいに宿がいくつもたてられた。その宿場を中心として、さかえた町のことだよ。

宿場町の一つ、品川。　国立国会図書館　所蔵

②旅籠

旅人が泊まって休む所。たいてい食事がついていたよ。

旅のつかれは、旅籠のふろで取るぜ！

赤坂の宿でくつろぐ人々。　国立国会図書館　所蔵

③茶店

道ばたなどにあって、通る人が休んだり、お茶などを飲んだりする小さな店のこと。

休むのに、ちょうどいいんだ！

大津の茶店。　国立国会図書館　所蔵

④関所

国ざかいや大事な道に役人をおいて、通る旅人や荷物を調べた所。江戸と伊勢の間に、いくつか関所があったよ。

旅人を調べる、箱根の関所。　神奈川県立歴史博物館　所蔵

伊勢参りに来た、日本各地の人々。

神宮文庫　所蔵

⑤伊勢参り

三重県にある、伊勢神宮にお参りすること。とくに江戸時代、信仰と旅行の楽しみをかねて、伊勢参りがさかんとなり、日本各地から人がおとずれたよ。

東海道中膝栗毛と十返舎一九

「東海道中膝栗毛」は、今から約二百年ほど前に、十返舎一九によって書かれた。弥次郎兵衛と北八が、おもしろおかしく東海道を旅し、各地の名物や名所をめぐる内容は、伊勢参りなど旅行がさかんだった当時、人々に広く受けいれられた。その人気の高さから、一九はその後、二人の旅を伊勢で終わらせず、京都や大阪など、約二十年間にわたってつづきを書いた。

このお話を書いた、
十返舎一九
(1765〜1831)

江戸時代のおわりごろ、わらいをテーマにした戯作を書いて活やくした作家。

慶應義塾図書館　所蔵

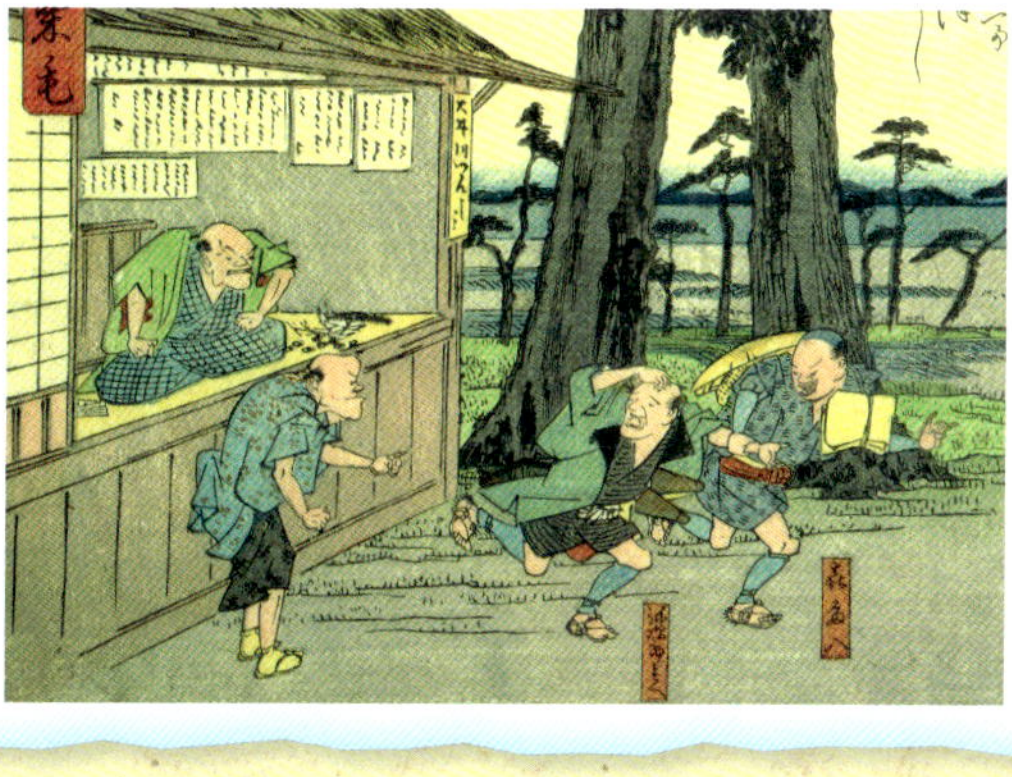

「東海道中膝栗毛」の大井川の場面。

もくじ

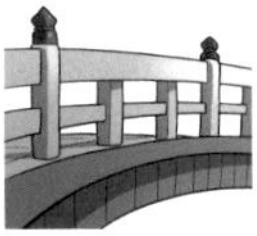

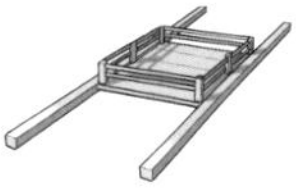

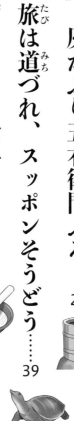

※この本では、小学生が楽しめるように、現代語表記にし、一部の地名や人物名、文章をわかりやすく言いかえたり、省いたりしています。また、登場人物の設定や挿絵についても、親しみやすく表現しています。

一　お江戸、日本橋から

「弥次さん、さあ、ここからが旅の始まりだぜ！」

「おいさ。楽しみだなあ、北！」

うららかな春、花のお江戸の日本橋から、遠くそびえる富士をながめつつ、＊1神田八丁目の弥次郎兵衛と、役者くずれの北八は、これからお伊勢参りの旅に出る。弥次郎兵衛は、＊2駿河にあった先祖代々の＊3大店を遊びでつぶして江戸の神田に出たものの、借金取りからにげる旅だが、それにつき合う北八も、のんき、でたらめ、すきほうだいの、あっけらかんとした二人であった。

＊1神田…今の東京都千代田区にある地名。＊2駿河…今の静岡県の中央部。
＊3大店…大きな商店。

このにた者同士の旅道中、はてさて、これから何が起こるのか。
それは、神も仏も、富士のお山もごぞんじない。

日本橋から東海道に出た弥次と北は、着物のすそを*1からげ、肩にふり分け荷物を引っかけて、道中さしとよばれるわき刀を一本こしにさし、三度がさをかぶった、*2いきな旅すがたである。

そのふところには、*3家財一切を売りとばした金と、先祖の墓がある寺から、出してもらった身分証明書や、旅先の関所を通るための通行手形が、大事にしまわれている。

弥次のドタバタ旅の歌
—江戸—

借金は 富士の山ほど あるゆえに
そこで夜にげを するがものかな

〈借金は、富士の山ぐらい高ーくつみかさなっている。そこで、夜にげをする駿河者でい！ さあ、旅が始まるぜ。〉

こうして、旅立った弥次と北の旅は、自分の足で歩く膝栗毛で始まった。

膝栗毛とは、自分のひざを、栗毛の馬のように使って、てくてく歩いて旅をすることをいう。

弥次と北、日本橋から*4高輪をすぎて、ほどなく品川に入った。品川は江戸湾の海辺ぞいにあって、道の両わきに、旅籠や茶店が立ちならんでいる。

その一つの茶店の前で、北八がいった。

「弥次さん、おもしれえ絵がかざってあるぜ。池のフナが、ごうせいに、そうめんを食ってやがる。」

店にかかった、*5かけじくの絵をふりかえって、弥次は思わず大わ

*1からげる…まくりあげて、おびなどにはさむ。　*2いき…気質・態度・身なりなどがすっきりとして美しいようす。
*3家財…家にある道具や家具。家の財産。　*4高輪…今の東京都港区の地名。　*5かけじく…絵や書を紙などにはり、鑑賞する物。

らい。

「ばかぁいうな。ありゃあ、コイの滝登りの絵だよ。」

「へえ、てことは、あれは滝かい？　おいらにゃ、そうめんがふってるようにしか、見えねえなあ。」

旅のはじめから、へたなかけじくをけ*なすのまで、なんとも、楽しそうな北八であった。

*けなす…わるくいう。

二　川崎、大名行列とぬけ参り

さて、川崎を歩いていると、

「下にぃ、下にぃー」という声が聞こえてきた。

見ると、＊1大名行列の先ばらいとよばれる者である。大名行列がやってくるので、下にいろ、つまり、その場にひかえろといって回っているのだ。

「かぶりものは、取りましょうぞ。＊2馬子は、馬の口を取りましょうぞ。」

そうさけぶのは、馬をつれた馬子に、馬を止めろといっているの

＊1大名行列…江戸時代、大名が公式の外出のときに形式を整えて行った行列。
＊2馬子…馬に、人や荷をのせて運ぶ仕事をする人。

だが、

「へっ、馬の口が、そうそう取りはずせるものか。」

北八がしゃれまじりの文句をいう。

道行く人々はみな、かさやかぶった手ぬぐいを取って、道ばたに立ちどまってひかえはじめた。

「おい、そこの男、背が高いぞ！」

いきなり、先ばらいから、弥次がどなられた。

「なんだとっ、おれはでっけえすもう取りと、背くらべをしたくらいの男だ。高くて悪いか！」

弥次は、負けずにいいかえす。

やがて、大名行列の＊1先箱や、＊2毛やりを持った、＊3奴ひげの＊4奴たちがつづき、おかごや、家来たちの馬などがつらなって、堂々と通りすぎた。それを見送ってから、気楽に行くと、海岸の小高い所に茶店があった。

「どうぞ、お休みなさいやせえ。この茶店は、おくが広うございやす。」

茶店のきれいなむすめが、よびこんでいる。

きれいなむすめには、めっきり弱い弥次と北。つい、さそわれて、房総半島を見わたせる、見晴らしのいい茶店に入った。

そこで出た、焼いた魚は今ひとつだったが、あのきれいなむすめが焼いたのかと思えば、はらも立たず、おもしろ半分のしゃれが出るばかり。

＊1先箱…行列の先頭を行く、殿さまが儀式などのときに着る服を入れた箱。＊2毛やり…大名行列の先頭などでふりあるく、先に鳥毛のかざりをつけた、やり。＊3奴ひげ…三日月形に上へはねあげた口ひげ。＊4奴…侍に仕え、荷物をかついで行列を歩いた家来。

*1おちょうし一本の、酒を楽しんだ弥次と北は、ちょいとよっぱらっていい気分になった。

きげんよく茶店を出ると、十二、三歳の男の子がよってきて、

「だんなさん、*2一文おくんなさい。」

と、弥次にいってきた。

「おう、なんだ、おめえは。どこから来て、どこへ行くんだ？」

弥次がたずねた。

「どこから来たかはおいらのかぶっ

たかさに書いてあります。おいら、伊勢へのぬけ参りだけんど、はらがへってなんねえから、銭かもちをおくんなさい。」

このころは、ぬけ参りといって、子どもが勝手に家を出て、伊勢参りへ行くことがはやっていたので、こういう子は少なくなかった。

それに、ぬけ参りの者にお金をめぐんでやれば、神様の*3ご利益があるといわれていたので、ぬけ参りに出た子は、一文なしでも、旅人や街道すじの者から、お金や食べ物をめぐんでもらえた。

「何々……おめえは、*4奥州、信夫郡幡山村の長松というのか……。おお、そういや、おれも幡山にいたことがある。与次郎兵衛どんは、かわらずお元気か？」

弥次は小僧のかさの字を読んで、さっそく、口から出まかせをい

＊1ちょうし…主に、酒を注ぐために使われるうつわ。　＊2文…このころ、日本で使われていたお金の単位。一文は、今のお金で約十円から百円。　＊3ご利益…神や仏によってあたえられるめぐみ、幸運。　＊4奥州…今の福島・宮城・岩手・青森の四県と秋田県の一部の地域にあたる。

いだした。

「与次郎兵衛どんは知らねえけんど、与太郎どんなら、元気だ。」

長松がそう答えた。

「おお、その与太郎どんだ。その与太郎どんのおかみさんは、力持ちの女だろう？」

「はい、おかみさんは力持ちです。」

「そのおかみさんが、馬のしっぽを、引っこぬいたことがあったろう？　そしたら馬はヒヒーンと鳴いて、おかみさんを、けっとばしたはずだ。」

「はいはい。だんなさんは、なんでも、よく知っていなさるなあ。」

口から出まかせをいったのに、そういわれて弥次はうれしくなった。

「よし、長松。いい子だ、もちを買ってやろう。」

弥次は、五文のもちを、五つ六つ買ってやった。

長松はそのもちをかかえて、かけだした。すると、長松の行く手から、ひょいともう一人、ぬけ参りの男の子が出てきた。

「長松、おいらにも分けてくれよ。」

「そんなら、あのおじさんにたのみな。おじさんが村の話をするから、なんでも、はいはい、そうだそうだと聞いてやんな。そしたら、もちを買ってくれるから！」

と、長松がいう。

それを聞いたその男の子が、弥次のそばにやってきた。

「おいらにも、もちを買ってください。」

「なんだ、おめえもか。おめえは、どれどれ……おお、下坂井村から来たのか。おめえの村には、与茂作というやつがおるだろう？」

またしても、かさの字を読んで、弥次が出まかせをいった。すると、その子は、

「先にもちを買ってくだされ。そうでないと、おじさんのいうことは、当たりません！」

という。とたん、北八がふきだした。

「ハハハハッ。こりゃあ、弥次さん。*一本、かつがれたね！」

「こいつぁ、やられた！」

弥次も大わらいした。

大名行列には、あれこれ文句をいっても、ぬけ参りの子どもにかつがれてもおこらない。
そこが、大らかな江戸っ子の、弥次と北であった。

＊一本かつぐ…相手をからかってだますこと。

三　小田原、灰かぶり五右衛門ぶろ

やがて、＊1相州、小田原の宿場に着いた。

見ると、＊2留め女らが待ちうけている。

「お二人さま。おとまりは、どうぞ『五右衛門屋』へおこしください。この間、たてなおしをして、新築のお宿でございますよ！」

そうさそわれて、弥次と北は「五右衛門屋」にとまることにした。

「お二人さん、おとまりだよ！」

留め女のよび声に、宿の＊3女中が出てきて、＊4すすぎを持ってきた。

女中は、弥次と北のわらじをぬがせて、足をあらってくれた。

部屋に案内され、やれやれと思っていると、さっきの女中が、「お湯がわきました。お入りなさいまし」といってきた。

「おうさ。湯がわいたなら、入ろうぜ。」

そう答えた弥次に、

「弥次さん、湯がわいたんじゃ、あつすぎるよ。水がわいて湯になるのに、お湯がわいたら、あっちっちだ！」

などと、言葉遊びをいう北八。

それをわらって、弥次はふろ場へ向かった。

ところが、ここのふろは、なんともかわっている。かまどにのせた鉄がまの底から、じかに火をたき、ぐらぐら湯をわかした五右衛門ぶろで、湯船は上に取りつけただけの物だった。

＊1相州…昔の相模国の別名。今の神奈川県の大部分の地域にあたる。＊2留め女…宿屋で、客をさそいいれる女性のこと。＊3女中…ここでは、宿場などに住みこんで、とまる人たちをお世話する女性のこと。＊4すすぎ…足をあらうための、湯を入れたたらい。

その湯船に、木ぶたのようなものが、ぷかぷかとうかんでいる。

「これは、なんでえ。ふろのふたか？」

弥次は木ぶたのようなものを取ってすて、ざぶりと、お湯にかた足を入れた。

「わあっ、あっちっちちち！」

とたん、弥次は、ふろからとびだした。

じかに、かま底についた足のうらが、やけるようにあつかったのだ。

「なんだ、このふろは！　いったい、どうやって入るんだ!?」

宿の者にきけばよいのだが、いなか者のように人にたずねたりするのは江戸っ子の名*おれだと思っている弥次は、つくづくこまってしまった。

じつは、さっき、木ぶたと思って取りのけたのが、ふろの底板で、五右衛門ぶろには、湯にうかぶ木ぶたを底板にして、足で板を湯にしずめながら入るのだ。そうすれば、あついかまの底にさわらないで、ふろに入れる。

だが、弥次がきょろきょろさがして見つけたのは、ふろのそばにあった、げたであった。

「おう、いいもん見つけたぜ。

このげたをはいて、ふろに入りゃあ、足にやけどをしなく

＊名おれ…名声にきずがつくこと。名をけがすこと。

〈正しい五右衛門風呂の入り方〉
木のふたの上にそっと足を乗せ、少しずつしずめ、底板にして入る。
鉄のかま底にふれると、とてもあつい。
底板

てすむぜ。」

と、げたをはいたまま、ざぶんと、ふろに入ってしまった。

「は〜、こりゃ、いい湯だぜ。」

弥次はやっといい気分になった。そこで、手ぬぐいを頭にのせ、そのころはやった歌の*1一節など*2うなっていると、北八がやってきた。

「弥次さん、あんまり長ぶろをすると、あとの客にめいわくだぜ。」

そういってから、北八が部屋へ帰っていくのをたしかめ、弥次は湯から上がって、体をぬぐった。

(へっへっへ……北八も、びっくりさせてやろう。)

と、はいていたげたを、見えないところへかくした弥次は、なんでもない顔で部屋へもどっていった。

「いい湯なもんで、つい、長湯をしちまったぜ。おめえも入ってきな。」

弥次がいったので、北八は「はいよ！」と、ふろ場へ行った。

それを、にやにや見送る弥次。ふろ場ではだかになった北八は、よくわいた湯に、どぶんと足をつっこんだ。とたん、「わっ、あっつっつっつ！」ととびだした。

「なんだなんだ、このふろは!?」

とっさに、北八は、やけどをしかけたかた足を、湯かげんのためにおかれた、水おけにつっこんだ。

「あぶねえあぶねえ……あやうく、大やけどをするところだった。」

足うらがひえて、ようやくヒリヒリがなおったので、ほっとした

＊1一節…音楽などの一区切り。一曲。＊2うなる…ここでは、長くひびくように、ひくくはな歌を歌っていること。

北八は考えた。

（だけど、さっき弥次さんは、はな歌をうなって、湯につかってたぞ。どうやって入ったんだ？）

そう思って、あたりをさぐった北八は、かくしてあったげたを見つけた。

「ははあ、わかったぞ！　弥次さんはげたをかくして、おいらをびっくりさせる気だったんだな。」

そう気がついた北八もげたをはいて、どぼんとふろに入った。

そして、さっき、弥次がしていたように、はな歌などうなって湯につかっていたが、かまの湯は、底からどんどんあつくなってきた。

それでも、弥次に、「いい湯だったんで、長ぶろをしちまったぜ」

といってやりたくて、北八はがまんした。
「おい、北八、だいじょうぶか？」
すると、自分でいたずらをしかけておきながら、心配になった弥次がようすを見に来た。

そのとき、もう湯のあつさは、がまんできないほどになっていて、北八は思わず足に力が入って、げたでかまの底をふみならして、一気に立ちあがった。

とたん、ガボッと音がして、どっと流れだした湯が、かまどの火に落ち、真っ白な*1灰かぐらが、もうもうと立ちこめた。

げたで、かまの底を、ふみぬいてしまったのだ。

「わ、わ、わわあっ！」

その灰かぐらの中へ、北八もしりから落ちて、すってん転んで灰まみれ。

「わわ、弥次さんっ、助けてくれえ！」

あわてた弥次が、灰まみれの北八を助けおこしたときに、宿の主人がやってきた。

「お客さま、どうなさいました？」

主人は、灰にまみれて、げたばきで、つったってる北八を見て、びっくりした。

「な、な、なんと、あんたは、はばかり*2のげたをはいて、おふろに入りなさったのかっ!?」

「い、いや、おいらも、さいしょははだしで入ったんだが、足のうらをやけどしそうになったんで……。」

北八のいいわけに、宿の主人は顔を赤くしておこった。

「なんということをなさる！　五右衛門ぶろの入り方がおわかりにならんなら、宿の者にたずねてくだされればいいものを。いったい、このふろがまは、どうしてくださる！」

「まあまあ、ご主人。このかまは、おれがべんしょういたします。」

そこは、もともとしかけた弥次があやまったが、すっぱだかに灰まみれの北八は、せっかくのふろもだいなしで、ただただ小さくな

*1 灰かぐら…火鉢などの火の気のある灰の中に湯・水などをこぼしたとき、立ちあがる灰けむり。灰がまいあがること。

*2 はばかり…手あらい。トイレ。

るばかり。
宿は新築だが、五右衛門ぶろは古くて、かま底はうすくなっていたということらしい。

弥次のドタバタ旅の歌
—小田原—

*1水ふろの　かまをぬきたる　とがゆえに　宿の亭主　*2しりをよこした

〈ふろがまの底をぬいたら、亭主におこられちまったぜ。北八に、悪いことしたなあ。〉

*1水ふろ……ふろおけの下にかまどを取りつけ、水をわかして入るふろ。　*2しりをよこした……しかられ、責任を取らされること。

四　三島、旅は道づれ、スッポンそうどう

昔、鴨長明という人がいうには、

「松に雅琴の調べあり、波に鼓の音あり」とか。

わかりやすくいえば、東海道の松林の風音は、*1みやびな琴の*2調べのようでもあり、打ちよせる波音は、*3鼓を打つかのように聞こえるそうだ。

*1みやび…上品で美しいようす。都会風であること。
*2調べ…歌・詩・音楽などの調子。　*3鼓…打楽器の一つ。真ん中がくびれた胴の両側に皮をはったもの。

そんな風情のある東海道を、弥次と北はてくてく歩いて、街道でも名の高い＊1箱根八里にたどりついた。

箱根の山は、＊2つづらおりで、さらにごろごろ石の坂道で、上りが四里、下りが四里。

その箱根の山の関所を、弥次と北は、無事通りぬけた。と、下り道で、声をかけてきた男がいた。

「もし、兄さん方は、どちらから？」

そういったのは、見るからにすばしっこそうな男。そこで弥次が

「おれたちは、江戸のもんさ」と答えた。

「ほう、お江戸は、どのあたりで？」と、これまた、親しげにきいてくる。

＊1箱根八里…小田原から箱根峠をこえて、三島までの約八里の道乗り。里は昔のきょりの単位。一里は約四キロメートル。＊2つづらおり…ひじょうに曲がりくねっている坂道。＊3わっち…わたし。

「江戸は神田さ。」

北八がむねをはると、その男、「そりゃあ、なつかしい。わっち*3も、神田におりました。どうやら神田で、お見かけしたような気が……。」などという。

「そりゃあ、見かけたろうさ。おれたちゃ、見た目が二十五間*4、おく行きが四十間の角屋しきの*5土蔵造りのたいそうな家だ。」

弥次は、もうつぶしてしまった大店が、江戸にあるようなほらをふいた。

「おやおや、その角屋しきのうら手の、せまい*6長屋にお住まいで？」

と、男がからかった。

「いや、そんなもんじゃねえ。おれたちゃ、ちょっと出るにも、と

＊４間…昔の長さの単位。一間は約一・八メートル。＊５土蔵…かべを土やしっくいなどの上ぬりで、あつくぬりかためた、くら。＊６長屋…細長い建物を、いくつかに仕切って、たくさんの家族が住めるようにした家。

もの者を五人や十人はつれあるくんだ。ただ、それじゃあ、気がつまっておもしろくねえ。そんで、こいつ一人をつれて、不自由して歩くのも、まあ、金持ちの物ずきなのさ。」

そういったのも、昔の大店をつぶす前の弥次ならば、うそではないが、今では、長屋の家財道具を売りはらった、わずかばかりの金をふところにした、*1しがない旅人である。

ところが、その男、さも感心したような顔をつくっていった。

「なるほど、さようでございますか。そういやあ、あなたさまのおふくろさまが、＊2浅草の寺の前で、ふろしきをかかえていらっしゃるのを、お見かけしましたよ。」

「おお、そりゃ、おっ母さんが、寺参りにでも行ったときだろう。おっ母さんは、おめえさんに、声をかけやしたか？」

いい気になって、弥次が答えた。男はわらって、

「はいはい。声をかけられましたとも。わっちを見るとすぐに『だんなさま、一文めぐんでくださいませ』とね。」

とたんに、弥次は大わらいした。

弥次は、だましたつもりがだまされていたとわかって、「こいつあ、とんだおもしれえ兄さんだ！」と、思うところが江戸っ子だ。

＊1しがない…とるにたらない。つまらない。　＊2浅草…今の東京都台東区の地名。

「おう、兄さん、今夜の宿はいっしょにどうだ。」

さそったのは、弥次。

「ようござんすとも！」

「そうと決まったら、この兄貴は弥次郎兵衛。おいらあ、北八だ。あんたは？」

「わっちは、十吉と申しやす。」

というしだいで、三人づれで、三島の宿に向かった。その道すがら、遊びがえりの子どもが、生きた大きなスッポン*を、ぶらさげてくるのを見つけたのは北八であった。

「見ろよ、弥次さん。あのスッポンはうまそうだ。あれを買って、三島の宿で一杯やろうぜ。」

北八が子どもから買って、わらであんだつつみに入ったスッポンをぶらさげたとき、十吉が「こいつぁ、おもしれえ」とつぶやいた。

こうして三人づれは、にぎやかな三島の宿場に着いた。

見上げればお日さまは山に入り、夕ぐれのかねが、遠くにひびいてくる。鳥もねぐらに帰って、歩きっぱなしで、はらもへってきたので、弥次と北、十吉は、そろって旅籠へ入った。

部屋に案内され、入れかわりに、ふろに入ってから、酒や夕食も出てきたので、弥次も北もよっぱらってしまった。わらにつつんだスッポンのことなど、二人はすっかりわすれてしまっていたのだ。

その夜もふけ、宿はねしずまった。

外からは、のら犬の遠ぼえがもの悲しげに聞こえるばかり。

＊スッポン…スッポン科のカメ。かむ力が強く、川や池にすむ。

弥次、北、十吉は、ならんでねていたが、あんどん*1の油もつきて、真っ暗やみになったころ、わらづつみから、ごそごそはいだしてきたのはスッポンだった。

そのスッポン、よりにもよって、北八のふとんにもぐりこんだ。

なんだか、むねのあたりがごそごそするので、

「な、なんだよ、弥次さんかい。くすぐったいじゃねえか。」

と、北八がねぼけまなこで見ると、ごそごそするのは、ぬめりとした黒いやつ。

「ひゃあっ。」

北八もおどろいたが、スッポンもあわくった*2。

とびおきた北八のむねから、放りだされたスッポンは、となりで

＊１あんどん…昔の照明具。木や竹のわくに紙をはり、中に火をともすようにした。＊２あわくう…あわをくう。おどろきあわてること。

ねていた弥次の顔に、ぺたりっと落ちた。

「ひえっ！」

弥次はびっくりしてはらいのけようとしたが、スッポンもあわくっているので、弥次の指にがぶりと食らいついた。

「いででで！」

「なんだ、どうした!?　弥次さんっ！」

「どうしたもこうしたもっ、早く、こいつをなんとかしてくれっ！」

そうはいっても、部屋の明かりは消えているので、あたりは真っ暗やみ。

「だれか、早く明かりを！」

どたばた大さわぎのはてに、ようやく宿の女中がやってきて、明かりをつけてくれた。ところが、弥次の指に食らいついたスッポンは、ふってもたたいても、どうしたってはなれない。

「あれまあ、いったいどうやって、座しきにスッポンが出たのかね？」

女中があきれた。

「いてでてっ。おい、どうしたら、こいつは、おれの指をはなしてくれるんだ！　わ、わ、血が出てきたっ。」

さけぶ弥次に、おろおろする北八。

「スッポンごと、指を水につけると、はなれてくれますので。」

と、女中が教えてくれた。

すぐさま、部屋をかけでた弥次は、大あわてで、はばかりの＊手水鉢に手をつっこんだ。あわくったスッポンもほっとしたのか、弥次の指をはなして、手水鉢でゆらゆら泳ぎだした。

「はあ、やれやれ。」

「だいじょうぶか、弥次さん。スッポンのこと、ごめんよ。」

＊手水鉢…手あらいの水が入った鉢。

北八が、手ぬぐいをさいて、弥次の指にまいてくれた。

二人なんとかねどこにもどったものの、じきにゴーンと寺のかねがひびき、ぼうさんたちの朝の*1勤行の声がひびいてきた。

やがて、宿の*2のきでは、チュンチュン、スズメが鳴きかわす。

見る間に、夜がしらじらと明けてきた。

弥次も北も、こうなっては起きるしかないと、ふとんを出た。

しばらくすると、宿屋の朝のごはんが運ばれてきた。

と、ごはんを運んできた女中が「もうお一人さまは、どうなさった？」とたずねた。見れば、きのう、道づれになった十吉がいない。

「みょうだな。あいつのかさも荷物もねえぜ。」

と、北八。

「まさか……あいつ！」

ハッとした弥次が、金や大事な物を入れ、はらにまいていたどう巻き[3]をつかんだ。だが、どう巻きはずっしり重い。

「あ、だいじょうぶだったか」と、ほっとしつつ、どう巻きの中の金をさぐってみると、どうも手ざわりがおかしい。

中身を取りだしてみると、ひもでくくった銭束が入っていたはずが、ごろりとした、石ころばかりにすりかわっ

＊1勤行…仏前で経を読み、いのること。＊2のき…屋根のはしの、建物より外につきだした部分。＊3どう巻き…お金などを入れて、はらにまきつけるおび状のふくろ。

ていた。

「しまった！　やられたっ。十吉のやろうが、金をぬすみやがったにちげえねえっ！」

十吉は、スッポンさわぎの最中に、弥次の金をぬすんでどろんと消えていたのだ。

はいだしたスッポンそうどうは、はたして、ぐうぜんなのか、十吉のしわざなのか、ともかく、弥次も北も、気づくのがおそかった。

「ああ、どうしよう」と、弥次は頭をかかえた。

「この宿のはらいぐらいは、おいらの持ってる小銭でなんとかなるが、この先はどうする？」

北八がぺらぺらのさいふを、目の前にぶらさげていった。

弥次はがっくりして、「もう、坊主にでもなりたい。いや、いっそ死んでしまいたい」とまで落ちこんだ。

弥次のドタバタ旅の歌
―三島―

ことわざの 枯木に花は さきもせで
目をこすらする ごまの灰かな[*1]

〈灰をまいて、花をさかせた花さかじいのように、かれ木に花をさかせもせず、ごまの灰で悲しなみだの目をこするよ、とほほ。〉

だが、ともかく次の宿場町の宿はずれまで行き、弥次が大店のわかだんなだったころの持ち物、うるし[*2]をほどこした上等のかわざい

*1ごまの灰…旅人をだまして金品をぬすむどろぼうのこと。仏教の儀式で木をもやしていのるとき、もえのこりの灰がお守りとされたことから、ありがたい灰だといって悪用する者がいたことが由来。　*2うるし…ウルシ科の木。木の幹にきずをつけて取ったしるを、着色などに使う。

ふを、旅の侍に買ってもらって、いくらかお金を手に入れた弥次と北。

*1蒲原の宿では、大名のとまっているご*2本陣が夕はんどきだったので、北八が、こっそりまぎれこんで、二人分のごはんを手に入れたりもした。

*1蒲原…今の静岡県の中部の町あたり。 *2本陣…当時、大名や役人などがとまった、国で認められた旅館。役人たちの下働きをする人たちもたくさんとまっていた。

五　丸子、鳶とろろと、夫婦げんか

そんなこんなで、どうにかこうにか旅をつづける弥次と北は、サザエのつぼやきの、かおりがただよう由井*1をすぎ、丸子*2の宿へやってきた。

「そろそろ、めしでも食うか？　ここはとろろじる*3が名物だろ。」

北がいったので、弥次は目についた茶店へ入った。

＊1由井（由比）…今の静岡県の中部の町。　＊2丸子（鞠子）…今の静岡県中部にある地名。　＊3とろろじる…ヤマノイモなどをすりおろし、だしじるなどをくわえた料理。

「もし、ここに、とろろじるはありやすか？」

弥次が声をかけると、店の亭主が答えた。

「すぐにはできねえが、ちょっと待ちなさろ！」

といい、亭主は皮もむかずに、とろろいもを下ろしはじめた。

と、同時に、

「このいそがしいのに、何をしておる！　早う、来んかいっ！」

と、けわしく、だれかをよびたてた。

すると、うらから、赤んぼうを背負った女房が、ぼうぼう髪で出てきて、文句をいった。

「今、うらの人と話しておったのに、やかましい人だのう！」

「何い、やかましいだと！　ええい、とっとと、そこにおぜんを二つ用意しろ！」

亭主がどなりつけると、女房は、「おはしをあらっておったのに、知らんのか」といいかえす。

「知るか、それをよこせっ！」

「これかい？」女房がはしを渡そうとすると、主人は、「ええいっ、はしでいもがすれるか！　すりこぎ[*1]をよこせっ！」とどなる。

亭主、すりこぎをひったくって、いもをすりはじめたが、「それ、すりこぎがさかさまだよ！」といった女房の背で、赤んぼうがなきわめく。

「ほれ、すり鉢をおさえろっ」と亭主がいうので、女房がおさえると、「そっちを持っちゃあ、すれねえだろ！　手に負えねえひょう[*2]

＊1すりこぎ…すり鉢で、物をすりつぶしたり、ついたりするときに使うぼう。　＊2ひょうたくれ…人をののしっていう言葉。軽々しくさわがしい者。おろか者。

たくれめっ」と、ののしる亭(てい)主(しゅ)。

「なにい、ひょうたくれは、あんただろ！」

いいかえす女房(にょうぼう)の頭(あたま)に、亭(てい)主(しゅ)が、すりこぎで、一発(ぱつ)*くらわせた。

ききっとなった女房(にょうぼう)、「このやろうめっ！」と、すり鉢(ばち)を投(な)げたので、そこら中(じゅう)に、とろろじるがとびちった。

「このおーっ！」と、すりこぎをふりまわす亭主は、こぼれたとろろじるにすべってころんだ。

「おまえなんかに負けるかっ！」と、亭主につかみかかった女房もすべってひっくりかえる。

このさわぎに、かけこんできたうらの女房が、「これ、みっともない。やめなされ！」と、止めに入るが、その女房まですべってしまい、もう三人とも、体中とろろだらけになって、ぬるぬる、ぬるぬる、あっちへすべり、こっちへ転げて大さわぎ。

「こいつあ、始まらねえ。先へ行こう。」

あきれて、弥次が店を出ると、北八、「とんだ連中だが、一首よめた！」という。

＊くらわす…強くなぐる。

北八のドタバタ旅の歌 —丸子—

けんかする 夫婦は口を とがらして ＊1鳶とろろに すべりこそすれ

〈鳶のように口をとがらせ、けんかする夫婦が、とろろですべってすってんころりん！ とろろじると、「トロロ……」と鳴く鳶を、合わせてみたぜ。〉

とまあ、なんでもおもしろがる弥次と北。

その二人、いよいよ、東海道最大の大河、＊2大井川の横たわる＊3島田の宿に行きついた。

＊1鳶…タカ科の鳥。全長約六十センチ。全身茶かっ色。漁港や人家の近くにすむ。 ＊2大井川…静岡県を流れ、駿河湾に注ぐ川。 ＊3島田…今の静岡県中部の市。

六 島田、こすにこされぬ大井川

このころ、東海道の大井川には橋がなかった。川を渡るには、旅人は、川渡しの人の肩にかついでもらい、川を渡っていた。

そのため、ひどく雨がふって水かさが高くなれば、川止めになってしまう。旅人は、何日も宿場に足止めされて、待つしかないこともあった。

二人がたどりついたこのときは、その川止めが明けたばかりで、街道は人でにぎわっていた。

人々はなごやかに道をゆずりあい、*1人足が*2なわばりをあらそうこ

＊1人足…力仕事をする人。　＊なわばり…なわをはって、さかいを決めること。ここでは、その者のいきおいのおよぶはんい。

ともなく、＊1かご屋が＊2だちんをゆすったりもせず、女同士の旅人も、
ぬけ参りの子どもも、盗賊にさらわれたりすることもなかった。
いかにも世は＊3泰平。馬子歌も、のんびりと聞こえてくる。

箱根八里は馬でもこすがぁ
こすに　こされぬ大井川ぁ
ヒーンヒィンヒィン

「こりゃあおもしれえ。馬子が歌えば、馬がヒンヒン、合いの手を入れてやがら。」

弥次がわらっていると、大井川の渡しで、川こし人足らが声をかけてきた。

「だんなぁ、わっちらの蓮台に乗っていきなされ。」

＊1かご屋…かごかきをやとい、客にかごを用意する仕事の家。または人。＊2だちん…ここでは運ぶ料金のこと。＊3泰平…世の中が平和におさまり、おだやかなようす。

「けさ、川止めが明けたばかりで、まだ水かさが高うございます。肩ぐるまじゃあ、あぶのうございます。さあさあ、お乗りなされ！」

蓮台というのは、二本のぼうに板を渡して、そこに客を乗せて、人足が運ぶ台のことだ。

「だちんは、二人でいくらだ？」

弥次が川こし人足にきいた。

「八百文でござります。」

「なんだって！　八百とは、とほうもねえ。」

弥次があきれた。

「そしたら、いくらくださるんで？」

「いくらもあるもんか。そんなにするんなら、自力で川をこすわ。」

と、弥次はいった。

「そんなら、そうすりゃあよかろうぜ。」

「おぼれて川を流れたら、二百文で寺行きだ。そのほうが、安く上がらア！　ハハハハハ。」

人足どもは、そうからかった。このころ、川でおぼれた死人は、寺が二百文で供養*1してくれたからだ。

「へっ、ばかぬかせ。よし、北。問屋*2へ行って、人足たのもうぜ。」

といった弥次。問屋へ向かいながら、みょうなことをいいだした。

「おい、北。ちょっと、てめえのわきざしをかしな。」

「どうすんだ？」

＊1供養…死んだ人や仏に物をそなえて、死後の幸せをいのること。　＊2問屋…川こし人足をあつかう仕事などの、全体を取りきめる店。

北八がたずねると、
「てめえのわきざしをこしにさして、刀のさや*1ぶくろを、こう、後ろにのばすのさ。そうすりゃ、おれのわきざしとおめえのとで、侍の二本ざしに見えるだろう。侍に化けて、渡し代を安く上げるんだ。おめえは、この荷物を持って、おともの役をしてくんな。」
と弥次はいい、二人で問屋へ入っていった。

「こんりゃ、問屋ども。*2みどもは、殿さまの大切な用事でまかりとおる。川こし人足をたのむぞ。」

弥次が、侍のふりをしていった。

「はい、かしこまりました。それで、みなさまのご人数は。」

問屋のおやじが出てきて、たずねはじめる。

「だんなさまはおかごか、お馬か。お荷物は、どれほどございましょう。」

「うむ、乗馬が三頭、荷物を運ぶ馬が十五頭ほどおったが、道中、じゃまになるのでおいてきた。その代わり、みどものかごをかつぐ者が八人だ。*3帳面に、そう書いておけよ。」

「はい。で、お侍さまがたは？」

＊1さやぶくろ…刀の刃の部分を入れておく、皮などでつくられたつつ形のケース。　＊2みども…わたし。　＊3帳面…ノート。

「侍のともは十二人、やり持ち、ぞうり取り……それに、[*1]はさみ箱、[*2]かっぱかご、[*3]竹馬、合わせて三十人あまりじゃ。」

いっているうちに、弥次はどんどん調子に乗ってきた。

「はいはい。その、おともの方は、どこにおいでで？」

「いやさ、江戸を出るときには、のこらずめしつれたが、とちゅうで、病にかかったゆえに、あちこちの宿場へのこしてきた。そこで今、川をこそうとする者は、たった二人じゃ。蓮台でこそう。なんぼじゃ？」

そうきかれた問屋は、

「お二人なら、四百八十文でござります。」

という。

「何、それは高い。ちと、まけやれ。」

それには、問屋、さすがにむっとした。

「この川渡しの賃銭を、まけるなどということはござらぬ。ばかをいわずと、はよう、行かれたがよかろう。」

「武士に向かって、ばかというとはなんじゃ！」

弥次は、まだ侍をきどっていたが、問屋がついにふきだした。

「あんたがお侍だって!?　はははは。」

「ほれ、あんたの刀をごらんなさい。*4こじりがおれておる。おれた刀をさす侍など、どこにおるものか。」

いわれて弥次がふりかえると、さやぶくろだけ引きのばしたこじりが、二つにおれて、たれさがっていた。

＊1はさみ箱…武家がともの者にかつがせる、衣服や日用品の道具などが入った箱。＊2かっぱかご…雨具が入ったかご。
＊3竹馬…竹を四本組み合わせた真ん中にぼうをわたし、品物をかついで運ぶのに用いた物。＊4こじり…刀のさやのはしの部分。

どっと、その場にいた者たちがわらいだした。

「弥次さん、だめだ。にげようっ！」

北八が、弥次の手をつかんで、問屋をはなれた。

「ちくしょう。やりそこなったぜ」と、反省のない弥次。

けっきょく、そこらの川こし人足と相談して、川渡しの蓮台に乗った。

蓮台に乗ってわたる大井川は、さすがに東海道一大きな川。

水がさかまき、目もくらむばかり。流れは速く、石や岩まで流さ

れて、今や、命をうしなうのではないかと思うほどのおそろしさであった。はてさて、さんざんねぎろうとした渡し賃だったが、こうして命からがら、渡りきったあとには、川こし人足に感謝した弥次と北であった。

弥次のドタバタ旅の歌
—島田—

蓮台に 乗りしは結句 地獄にて おりたところが ほんの*1極楽

〈極楽の蓮台*2（ハスの花の台座）は、乗ると成仏*3できるってえが、大井川の蓮台は、おりた所が極楽だ。いやあ、おそろしかったぜ……。〉

＊1ほんの…ほんとうの。＊2ハス…スイレン科の植物。ハスの花は、仏教で極楽の世界にさく花といわれている。＊3成仏…仏教で、死んで仏になること。

七　浜松、雨夜のゆうれい

大井川を渡った弥次と北、その夜の旅籠を、朝早くに*1たった。
旅を急いで、さらに、*2天竜川にいたった。
この川は、*3信州諏訪の湖水から出て、東の*4瀬を大天龍、西を小天龍という、舟で渡らなければならない急流の川であった。

舟をおりると、そこはもう東海道のなかば、ちょうど、江戸へも京へも六十里にある町であった。
そこから、浜松の宿場に入ったころには、日がかたむいて、宿場

*1たつ…出発する。　*2天竜川…長野県から、静岡県を通って太平洋に注ぐ川。　*3信州諏訪…今の長野県中部の地域の、昔のよび名。　*4瀬…ここでは、川の流れが速く急な所。

のかげが黒く長くのびてきた。

見上げれば、血のような赤い夕空が広がっていた。

浜松の旅籠に入ると、「お客さんがお着きだよお」と、女中が足をあらうおけを運んでくる。

「いや、足はそうよごれてねえ。だいじょうぶだ。」

北八がそういうと、女中は「なら、おふろへお入んなさいまし」という。

「そうか。*1湯かん場はどこだ。弥次さん、先に入るかい？」

などと、北八が縁起でもないことを

いいだした。

「こいつ、むなくその悪いことをいう男だ。てめえが先に、入ってこい！」

弥次はいやな顔をした。

「じゃ、入ってくるか。」

北八がふろに出かけたあとに、「[＊2]あんまはいかがでございます？」

と、あんまさんがやってきた。

「おっと、こりゃいいや。歩きっぱなしで肩や背中が、がちがちにこってんのさ。ふろのあとで、もんでもらおうか。」

弥次がいい、あんまさんをまねいた。

「おや、あんまさん。あんた、目が見えるのかい？」

＊1湯かん場…死体を棺におさめる前に、湯でふききよめる場所。＊2あんま…体のこりやいたみをのぞくため、手でもみほぐしたりすること。また、その仕事をする人。

「へい。十年前に目の病気をしまして。両方見えぬようになりましたが、治療のおかげか、ようやっとこの間、かた方だけようなりました。」

「おう、そうかい。ひさしぶりに目が開いたら、みんな、知らぬ人ばかりだろう。」

「ははは、さようでございます。」

などといっているところへ、北八がふろから帰ってきた。

「おう、湯はどうだった？」

弥次がきくと、北八、にやにやしながら、

「ああ、いい湯だったぜ。しかも、ふろから庭を見れば、はなれの座しきに、いい女が見えたぜ。病人なのか、こう、髪や着物はし[*1]

どけなくて、そこがまた色っぽい女だったぜ。」

という。

「てめえ、また女に見とれてやがったのか。しょうがねえやつだな。」

そんなことをいいあって、弥次もふろに入り、夕食もすませた。

日もとっぷりとくれたころ、やれやれと、弥次はあんまさんをよんで、旅づかれの体をほぐしてもらうことにした。

「じゃ、やらかして[*2]いただきましょう」と、あんまさんが弥次をねかせて、もみはじめた。

「ときに、北さん。おいらもふろから見たぜ。たしかにありゃあ、いい女だ。あんまさん、あれは、この宿のおかみ[*3]さんかえ？」

と、弥次はもんでもらいながら、たずねた。

＊1しどけない…服装などがみだれていて、だらしがない。＊2やらかしていただきましょう…やらしていただきましょう。＊3おかみ…女主人。

「いやいや、だんなさん。あの女だけは、いけません。たましいがぬけておりますでの。」

あんまさんが、声をひそめていった。

「なんだって。そりゃあ、どういうことだ？」

「たましいがぬけるだと？　どういうことなんだよ？」

と、北八も思わずたずねた。

「まあ、お聞きなされ。間もなく、*念仏が始まりますでのう。」

という間に、チ、チーンとかねの音がして、念仏が聞こえてきた。

「それ、聞こえますじゃろ。あの女は、この宿の女中でありましたが、この宿のおかみさんが、ある日、首をつって死んでしまいましてのう。それからというもの、ああやって、いつもおがんでお

*念仏…心に仏のすがたやご利益を思いうかべ、念じること。

りますのじゃ。それには、ちょっと、わけがありましてのう。つまり、ひゅうーどろどろ……でございまする。」

あんまさんが両手を前にたれて、ゆうれいのまねをした。

「な、なんでえっ、気味が悪いっ！」

弥次がびくっとして、あんまさんの手をはたいた。

「いや、まあ、その死んだおかみさんのゆうれいが、あの女にとりついたらしく、毎夜毎夜、おそろしい目にあったあの女は、とうとう、たましいがぬけたようになりましてのう。毎夜毎夜、ああやって、百万べんの念仏を、くりかえしておりますのじゃ。」

「な、なんだって、女にゆうれいがとっついただぁ!? ってことは、この宿には……出るのかよ。」

弥次がぶるっとふるえた。

「へえ、出ますとも。」

「うそつけ。」

と、横から北八。

「なあに、うそじゃございません。毎晩、この家の屋根に、何やらわからぬ、白いものがぼぉーっと立つのを、見た者も大ぜいおります。」

「ほんとかよ。こりゃあ弥次さん、えらい旅籠にとまっちまったぜ。」

「そ、そ、それで、そのおかみさんっていうのは、ど、どこで、首をつったんだ？」

弥次まで、声をひそめてたずねた。この二人、強がっているが、ほんとうは、おくびょう者だった。

「あ、それは、それ、この部屋のおまえさまの後ろ、そこの*縁側のはじっこで……。」

「ひやっ、こりゃたまらん！　なんだか、首すじが、ぞくぞくしてきた……！」

*縁側…部屋の外側につくった、細長い板じきの通路。

北八もぶるっとふるえた。すると、ちょうどそこへ、暗い空から、しょぼしょぼ雨がふりだした。

「こりゃあ、おあつらえむきの雨だ。いやな感じがしてきたぜ。」

と、弥次。

「ああ、今夜あたり、出るかもしれませぬな」というあんまさんに、弥次は代金を渡した。

「あんまさん、どうも、ありがとさん。今夜はもう、帰ってくんな。」

「へいへい、ではごめんくだされ」と、あんまさんは帰っていった。

のこされた弥次と北の部屋は、ずーんと空気が重くなったようだった。チーン、チーンと、気味の悪いかねの音は、ずっとつづいている。

「あのかねの音がたまらねえ。陰*の気に引きこまれるぜ。」

と、弥次。ふとんをならべてねようとしたが、二人ともどうにもねむれない。思わず弥次が、「おい、北さん。いっそのこと、もう宿を出てたっちまおうか」という。

「何、とんだことをいう。さっきの話を聞いて、今さら、暗い夜道を歩けるものか。」

北八も身ぶるいをした。


*陰の気…日のあたらない暗い気持ち。

「けど、北さん。この宿は、なんだか広いばっかりで、人も少ないから、どうにもこうにも、うす気味が悪い。」

と、そのとき、天井からあやしい物音がした。何か、小さなものが、走りぬけるような音だ。

チウチウ、チウチウ……。

小さな鳴き声と、水しぶきのようなものが、いきなり天井のすき間から、ふってきた。

「ええいっ、ネズミだ！　ネズミまでばかにしやがって。小便を引っかけやがった。」

北八がおこると、弥次がもじもじした、なさけない声でいう。

「そのネズミがうらやましい。さっきから、おらぁ、小便したくてこらえているのに……。ひっ、何か、やわらかいものが足にさわった！」

こわごわ足元に目をやると、弥次のふとんのはしで、ニャーン……と鳴く声がした。

「なんだ、ねこか。しっしっ、あっちへ行けっ！」

チーン、チーン……。

ぽたり……ぽたり……。

*陰気くさいかねの音はつづき、雨だれの音まで、気味が悪い。

おりもおり、日がくれきった宿の外では、「ぼう、ぼうはどこだ～。ぼう、まいごのぼうやぁ～。」と、悲しげな子をよぶ親の声がする。

「ちゃ～ん、ちゃ～ん……」とひびく、まよい子のなく声は、だん

*陰気くさい…暗く晴ればれしない感じ。しめっぽい。

だん遠ざかってゆく。

「どうだ、北。生きてるか？」

ふとんにもぐりこんだまま、弥次がきく。

「ああ、なんとか。」

と、北八。

「ところで、おらぁ、もう小便のがまんができねえ。思いきって、二人でいっしょに行こうか。」

弥次がいった。

「よし。そんなら、雨戸を開けるぜ。」

と、北八。

二人そろって、おそるおそる、しっけた雨戸をガタピシ開けたが、

庭も、はばかりへつづく縁のろう下も真っ暗やみだ。

「さあ、弥次さん、お先に。」

「いや、てめえこそ、先に行け。」

「いや、兄貴こそ」と、こういうときだけ、兄貴とよぶ北八である。

「へっ、何も出やしねえよ。」

強がった弥次が、ろう下に出ようとしたとたん、「ひええ、あれはどうした……っ！」と、北八がさけんだ。

「ど、どうしたって、何が!?」

首を引っこめた弥次は、こわくて外を見られない。

「に、庭のすみに、白いものが立ってる。しかも、こしから下が見えねえっ!」

「なんだって……!?」

弥次は目をつむって、へっぴりごしで庭をのぞこうとした。

「弥次さん、目を開けなきゃ見えねえぜ」といわれ、おそるおそる目を開けると、庭のおくで、白いものが、ふわふわういているのが見えた。

「ぎゃっ!」といい、そのまま、それっきり、弥次はその場にぶったおれてしまった。

「おい、弥次さん！　どうした、弥次さんっ！」

このさわぎで、宿の主人がかけつけてきた。

「これはまた、どうなさいました。」

主人は弥次をだきおこし、うちわで風を送ったり、体をゆさぶったりした。

「はっ」と、弥次が気づくやいなや、「あ、あそこに、白いゆうれいがっ……！」と、指さした。

「ほう、あれは……」と、庭に出ていった主人、その白いものをながめてから、かかえて帰ってきた。

「こりゃあ、白いじゅばん*でござります。夕方、女中が取りいれそこねたのでしょう。ほしたじゅばんで気をうしなうとは、なんと

*じゅばん…着物の下に着るはだ着。

もこわがりなお客（きゃく）さんだ。」

宿（やど）の主人（しゅじん）は、わらいながらさっていった。

「えい、いまいましい。まったく、[*1]きもをひやしちまった！」

はずかしいやら、おかしいやらで、弥次（やじ）がぼやいた。

「これだから、弥次さんとの旅は、おもしれえのさ。」
北八もわらっていった。
ほっとした二人、はばかりへ行って用をすませ、やっと落ちついたのだった。

弥次のドタバタ旅の歌
―浜松―

ゆうれいと思いのほかに せんたくの
じゅばんののりが こわく[*2]おぼえた

〈ゆうれいと思ってびびったのに、のりのこわい、せんたく物のじゅばんだった……。こ、こわかなんかねえや！〉

*1きもをひやす…はとおどろいて、ひやりとする。　*2こわい…かたくてごわごわしている。

八　舞阪から新居へ、乗り合い船の大そうどう

こうして、宿をたった弥次と北は、ほどなく、＊1浜名湖の舞阪に着いて、ここから＊2新居まで、＊3乗り合い船に乗ることになった。

船中、客たちが思い思いの雑談にもりあがったが、やや話しづかれて、うとうといねむりをしはじめたころ、客の一人、五十歳くらいのひげもじゃの親父が、何やら、乗り合いの人々の荷物を持ちあげたり、何かをさがしているようすであった。

ひょいと、弥次の＊4たもとの下までさぐるので、「なんだ、なんだ。おいらの、たもとの下をさぐって、なんとする？」と、弥次が文句

をいった。

すると、親父、「はい、おゆるしくだされ。わしは、ちっとなくした物がござるゆえ……」という。

北八が、「おめえ、なくした物があるなら、みなにことわってから、たずねるがいい。舟の中だ、どこへも行くまい。なんだ？　たばこ入れか？」といえば、親父、「いや、そんなもんじゃねえ」という。

「なら、銭か？」と問えば、「いんや、たずねるほどでは、ござりませぬ」と、かたくなにいう。

それを聞いて、弥次、

「そんなに、たずねずともよいなら、いねむりしている者のたもとの下まで、さぐりまわすことはあるまい。」

＊1浜名湖…静岡県南部にある湖。　＊2新居（荒井）…今の静岡県南部にある地域。　＊3乗り合い船…決まった所まで、多くの客を乗せていく客船。　＊4たもと…和服の、そでの下のふくろのような部分。

と、やや、むっとした。

すると、客の一人、「何が見えぬかいいなされ。このままでは、みなの気もすまぬ」といいだした。

親父、「いや、もう、ようござる」というが、みんなや、弥次にも「なんだ？」「なんだ？」とたずねられ、しぶしぶ、答えた。

「なら、いいますが、みなさん、びっくりなさいますな。」

親父がいうので、北八が、「おめえが何をなくしたって、だれが、びっくりするものか！」とわらい、弥次は「で、何をなくした？」ときいた。

「へびが、一ぴきいなくなりました。」

親父の言葉に、北八も弥次もびっくり。

「へびたあ、なんのへびだ!?」
「生きたへびでござる。」
とたん、舟の中では、みんなが立ちあがって大さわぎ。
「大変だ!」

弥次、

「なんと、生きたへびなど、どうして持ってきたんだ!?」

北八、

「こいつぁ、気味の悪い！　あっちか、ここにいないか。」

みんなが、わあわあいう中、

「やあ、この板の下に、とぐろをまいておるぞ！　あっ、そっちの荷の下へ行った！」

と、だれかがさけんだ。

すると親父は、荷を取りのけ、へびを苦もなく手づかみにして、ふところに入れた。

「おいおい、それをふところに入れたんじゃ、またはいだすぞ！

海へすてちまえっ！」

北八がいうのに、親父は、

「いやいや。旅のとちゅうで、旅の銭がつきて、道でこのへびをとったのさ。それが幸いでへびをしこんで、へびづかいになって芸を見せ、一文ずつもらって、旅をしておる。こいつぁ、わしの商売道具じゃ。」

ときかない。

だが、みんなは、「なんでへびを乗せた？」と、*船頭に文句をいう者、「とやかくいわず、すてちまえ」という者など、親父の気持ちをわかる者など、いなかった。

「いんや、いやだ！」という親父に、北八が、「なら、てめえもいっ

*船頭…船をこぐ仕事をしている人。

しょに、海へぶちこむぞっ」とおどす。

「ああ、そんならやればよかろう。うでっぷしなら、あんたに負けん！」

いいかえした親父に、おこった北八がむなぐらをつかむと、そのふところから、へびがにゅっと頭を出した。

「きゃっ」とにげる北八。

見かねて、弥次が北八の味方をしたものだから、船中はまたまた大さわぎ。そのさわぎの最中に、またまたへびが親父のふところから出て、舟の中をのたくりはじめた。とっさに、北八がわきざしのこじりで、へびの頭をおさえると、へびはそのまま、にゅるにゅる北八のわきざしのさやに、まきついてしまった。

北八、あわててへびをすてようとして、手がすべり、わきざしごと、海へすててしまった。

落ちたへびは、波にまかれつつも泳いで見えなくなったが、＊1本刀ではなく、＊2竹光だった北八のわきざしは、波にしずみもせず、ぷかぷか、ゆらゆら、流れていく。

乗合衆みんなに、北八のわきざしが、竹光だとばれてしまったことになる。

＊1本刀…日本刀。　＊2竹光…竹をけずって、刀身に見せかけたもの。

北八のドタバタ旅の歌
—新居—

北八は、しょげかえったが、へびをすてられた親父も、北八のまぬけぶりに、ようようはら立ちをおさえ、「ははは、わしはこの年になって、わきざしが流れるのを、はじめて見た！」とわらった。

へびがいなくなって、舟のみんなは一安心。

そんなこんなで、岸に着いて、みんな、「やれやれ、めでたい、めでたい」とよろこんだ。

竹べらをすててしまいし[*1]男ぶり
　[*2]ごくつぶしとはもういわれまい

〈竹べらみたいな竹光を流してしまって、男ぶりを下げちまった。もう、ごくつぶしとさえ、いわれねえんじゃねえかな。はあ、おいら、はじか

いちまったぜ。〉

＊1男ぶり…ここでは、男前のこと。＊2ごくつぶし…決まった仕事もなく、ごはんを食べるだけで、なんの仕事もしない者。また、人をののしっていういい方。

九　二川、かごかきにおごる

こうして舟をおりて、新居の関所もすぎたが、気を取りなおすのだけは、あっという間の二人。

名物、[＊1]かばやきに[＊2]したつづみを打って、はらがみたされると、元気も出る。宿はずれからは、次の次の宿、二川を目指し、それぞれ二台のかごに乗ることにした。

しばらく行くと、二川のほうから来たかご二台と行きあった。

と、二川から来た[＊3]かごかきが、弥次と北の乗ったかごかきに、「どうじゃ、ここでお客をかえないか？」と声をかけてきた。

＊1かばやき…ウナギやドジョウなどをさいて骨を取り、くしにさして、たれをつけてやいた料理。＊2したつづみを打つ…おいしい物を食べたとき、舌を鳴らす。＊3かごかき…かごをかついで、人を運ぶ仕事をする人。

こちらのかごかきが「おう、なら、なんぼよこす？」ときく。それに答えた二川のかごかきが、「五十文やろう。それでよいなら、お客を交かんしよう」といって、こちらのかごかきも、「まけてやらぁ」と答え、かごかき同士の話がついた。

客を取りかえれば、どちらも空のかごで帰らずにすむので、どっちも助かるというわけだ。

そこで、両方のかごかきがいう。

「だんなさま方、かごをかえますんで、乗りかえてくだされ。」

そういわれて北八、「おれたちゃ、次の宿場で休まず、二川まで行くのだが、それでもいいなら」というちに、二川から来た客は、こっちのかごに乗り、弥次と北も二川のかごに乗りかえた。

すると、北八を乗せたかごかきが、

「だんな方は、幸せじゃ。こちらは、*1宿屋かごなんで、座ぶとんがしいてあるのさ。それだけでも、乗り心地がちがうじゃろ。かごをかえて、おとくじゃ。」

という。

「ほんに、そうだ……」といいつつ、北八、座ぶとんの一部がふくらんでいることに気づく。なんだろうと、座ぶとんの下をさぐると、*2四文銭の束が一本があった。

「さては、さっきの客がわすれたんだな」と、北八。かごかきに見つからないよう、先のかごに乗る弥次に見せて、そのままちゃっかり、自分のふところに入れてしまった。

やがて、＊3白須賀の宿に入って、見えてきた景色に、またまた思いついた歌をよむ弥次。

負けじと北八も、山にいるしかを見かけて、「おいらも一首よんだ」といいだす。

「かご屋に聞かせたところで、＊4馬の耳に念仏だろうが、こういう歌だ。『おく山に　紅葉ふみわけ　鳴くしかの　声きくときぞ　秋は悲しき』　どうだ、いいだろう?」

北がいうと、かごかきたちは、「だんなはえらいもんじゃ」「わ

＊1宿屋かご…宿屋、旅籠が世話してよんだかご。　＊2四文銭の束…四文銭を百こつないだ四百文の束。　＊3白須賀…今の静岡県湖西市のあたり。　＊4馬の耳に念仏…いくらいっても、ききめのない、わからないこと。

しどもは、歌など、まるっきり知らんが、歌がひょいと出るとは、えらい、えらい！」とほめちぎる。

そこで、いい気になった北八は、街道のとちゅうにある茶店で、かごかきたちに酒をおごろうといいだす。

弥次が、「おや、北八、どうした？　気の大きいことをいうじゃねえか」といえば、北八、「ま、ちょっと飲ませるだけだ」といって、ちらりと、ふところの四文銭一本を見せた。

「てめえ、それを、みんなにおごるのか!?」

四文銭の出どころを知っている弥次はあきれるが、けっきょく、「おもしれえ。おいらもごちそうになろう」といいだし、みんなでどやどや、茶店へ上がることになった。

「ありがてえ。だんな、いただきやす。」

と、北八のかごの＊1先ぼうがいって、

「これこれ、みんな、来なされや！　猿丸大夫のだんながお酒をくだされるそうじゃ！」

と、＊2後ぼうや、弥次のかごかきたちをよび集めた。

　かごかきたちが、こぞって茶店に上がって、酒を飲みはじめ、弥次もいせいよく飲みはじめるが、北八は、すっ

＊1先ぼう…かごをかつぐぼうの、前の方をかつぐ者。　＊2後ぼう…かごの後ろの方をかつぐ者。

かりへこんでしまっていた。

というのは、かごかきをばかにして、えらそうに、よんでみせたさっきの歌が、じつは北八の作ではなく、[*1]いにしえの歌人、猿丸大夫の歌だと、ばれていたのがわかったからである。

一方、かごかきたちと、弥次はきげんよく飲んだ。

「さあさあ、茶店の御主人。酒代はいくらだ？」

と、弥次がきけば、主人、

「三百八十文でございます。」

という。

「こりゃあ、ごうせいに飲みやがった！」

と、[*2]しけた北八。

しかたなくさっきの四百文をはらうと、北八のかごかきが、はたと気づいて、「そういや、さっきの一本の銭はどうした？」といいだした。

「おう、それそれ。もし、だんな。あなたの乗ってござしゃった、かごの座ぶとんの間に、四文銭を一本入れておきましたが、あるか、見てくだされ」と、後ぼうもいうので、北八はドキリとした。

「い、いや、知らねえな」と、とぼけるが、

「そういや、あれじゃねえか。おめえが座ぶとんの下から出して、こねくりまわしていたあの銭じゃねえのか？」

と、弥次がばらしてしまう。

北八、やむなく、自分のふところから一本出して、座ぶとんの下

＊1いにしえ…遠い昔。　＊2しける…持っているお金が不足しがちである。また、しょげる。元気がない。

にそっと入れ、「ああ、これか！」といえば、かごかきたちが、「それそれ！」とよろこんで、またかごをかつぎだす。

三百八十文も酒をおごって、さらに四百文なくした北八はへこみきったが、弥次はおかしくてたまらず、また歌が出た。

弥次のドタバタ旅の歌
—二川—

ひろうたと　思ひ(い)し銭は　猿がもち＊　右から左の　酒に取られた

〈ひろったと思った銭は猿がもち、右から左へ酒代に取られちまったぜ。
やっぱり、悪いことはできねえな！〉

こうしてかわらず、二人でわらっていくうちに、ほどなく二川の宿に着いた。

＊猿がもち……商品にかえてすぐ現金をあたえること。

十　赤坂、夜道のきつね

二川をたって、いくつかの宿場町を通りすぎた弥次と北。この日の夜のとまりは、この先の赤坂と決めていたが、うかうかすると日がくれるという時こくになってしまった。

「だめだ。ここらで休まねえと、もう歩けねえ。」

ここ数日のつかれが出たのか、弥次の足が進まない。

「けど、弥次さん。あんまりおそくなると、いい宿が取れねえぜ。そうだ、なら、おいらが先に行って、赤坂の宿を取っておくよ。弥次さんは、後からゆっくり来なよ」と、北八がいう。

「おう、それじゃ、たのむぜ」と、わかれた。

「やれやれ。ここは茶店で休んでいこう」と、弥次は目についた茶店に入った。

「さあさ、お茶をどうぞ」と、茶店のばあさまが茶を運んでくれる。

しばし休んで、茶のお代わりをたのんだとき、

「ところで、ここから、赤坂まではどのぐらいだ？」

と、ばあさまにたずねた。

「はあ、たったの十六町[*1]ほどだけんど、もう日がくれる。おまえさ

まお一人なら、この先は行かずに、この宿場におとまりなされ。この先の松原には、悪いきつねが出て、旅の人がようだまされますでのう。」

「何、悪いきつねだと？　そりゃあ、気が進まねえ話だな。しかし、ここにとまりたくとも、つれが先に行ったから、しかたがねえ。ええい、たいしたことはねえだろう。茶代はここにおくよ。世話になったな。」

と、早目に茶店を出たが、休んでいるうちに、日はすっかりくれていた。ゆうれいやら、化けたきつねやら、弥次は、その手のものには、すっかり弱い。[＊2]まゆにつばをつければ、きつねにだまされないというので、あたりをさぐりながら、まゆにつばをつけつつ行く。

＊1町…ここでは、昔のきょりの単位。一町は約百九メートル。＊2まゆにつばをつける…だまされないように用心することのたとえ。まゆにつばをつけておくと、きつねやたぬきに化かされないといういいつたえがある。

ざわざわと、風に鳴る松林の音が聞こえてきた。

街道にはだれもいない。ケン、ケーン……。はるか遠くで鳴くのは、きつねらしい。

「ちくしょう、きつねが鳴きやがる。おのれ、出てみろ！　ぶち殺してくれるっ！」

こわくて、どきどきしているところへ、かけつけてきたのは北八であった。

「だいじょうぶか、弥次さん。」

「なんで、てめえがここにいる!?」

「いやな、先に行こうかと思ったが、ここはきつねが化けて出るって聞いたんで、弥次さんが心配になって、いっしょに行こうと思っ

て、とちゅうからもどってきたんだ。」

北八はいったが、弥次は、（こいつ、きつねが化けたな！）と思っていた。

さあ、いっしょに行こうと北八がいう。

「くそくらえ。そんな手でだまされるもんか！」

弥次がいうのに、北八は首をかしげて、

「弥次さん、どうしたんだ？　ほら、はらがへったろうと思って、もちを買ってきたぜ。食いなせえ。」

と、もちをすすめる。

弥次のはらはぐうっと鳴ったが、「ばかぬかせ、それは馬ふんだろう。だれがだまされるか！」と、もちをはらいのけた。

「ははは。弥次(やじ)さん、もしや、おいらを化(ば)けたきつねだと思(おも)ってるのか？　ちがうちがう、おいらだよ。北八(きたはち)だ。」

そういう北八(きたはち)を、弥次(やじ)は、いきなりつきたおした。

「このやろうっ、もう、かんべんならねえっ！」

「いてっ、ちがうちがう。おいらだって！」

「北八(きたはち)そっくりじゃねえか、よく化(ば)けやがって。こんちくしょう！」

弥次(やじ)は、化(ば)けきつねなど、ぶち殺(ころ)してくれるとばかり、北八(きたはち)に乗(の)りかかって、おさえこんだ。

「いたたた……おい、弥次(やじ)さん、待(ま)ってくれ。」

「正体(しょうたい)あらわせ！　さあ、さあ！」

「おい、弥次(やじ)さん。おいらのしりをなでて、どうするんだ。」

「どうもこうも、しっぽを出しやがれ。でないと、こうだ！」

弥次は、手ぬぐいで、北八の両手を後ろ手にしばりあげた。そのまま、引きおこし、後ろから追ったてた。

「さあさあ、先に立って歩け！」

「待ってくれ、弥次さん。おいらは本物の北八だって。」

そういう北八のしりをけりとばしながら、弥次は赤坂の宿へ入った。

だが、夜もおそくなったので、旅籠の客引きである留め女もいない。一人だけ、客をむかえに出たらしい旅籠の者がいて「あなた方は、うちへおとまりでございますか？　おつれさまはまだおいでで？」ときいてきた。

「いや、おれ一人(ひとり)だ。つれは、先(さき)に宿(やど)を取(と)りに来(き)たはずだが」と、弥次(やじ)。

「いやさ、弥次(やじ)さん。そのつれは、ここにいるおれだ。」

「やかましい、化(ば)けきつねめっ！」と、弥次(やじ)は北八(きたはち)をけとばす。

「いててっ！」

むかえの者(もの)は、いったい何事(なにごと)かと、しばりあげられた北八(きたはち)を見(み)てから、おずおずいった。

「いや、その……うちのお客(きゃく)は十人(にん)づれと聞(き)いております。あなたさまお

一人なら、うちのお客ではございませんようで。」

「ほら、弥次さん。もういいかげん、この手ぬぐいをほどいてくんな。*外聞が悪いじゃねえか。おいらが、ここにいるのに、宿が取れるはずもねえ。」

北八がいった。

「まだあ、ぬかしやがるか！　しぶといやつだ！　てめえこそ、もういいかげん、しっぽを出せ！　いや、待て。あそこに犬がいる。てめえがきつねなら、犬がほえるはずだ。こっちへこい、シロ、シロ……。」

と、のらの白犬を弥次はよびよせる。のら犬は、しっぽをふって、近づいてきた。

「来たか。よし、きつねだぞ。かみつけ！」と、のらをけしかけたが、犬は、北八にふるふるとしっぽをふるばかり。

「なんだ、このきつねやろう、犬が来ても、いけしゃあしゃあとしておるな。犬も、ワンともほえん。ということは、もしやおめえは……本物の北八か？」

やっと気がついた弥次に、北八は大きなため息をついた。

「弥次さん、まったく、悪いしゃれだぜ。」

その夜、ようやく手ぬぐいをほどいてもらった北八は、弥次といっしょに宿にとまった。だが、弥次はまだきつねに化かされてないか、うたがっているらしく、宿の主人に「ここはどこだ」ときく。

＊外聞…他人から見た自分のすがた・ありさま。

「赤坂の宿でございます」といわれても、「じつは、墓場じゃねえだろうな？」などと言いだした。「え、何をおっしゃいます」と、宿の主人も、あきれ顔になった。

そこへ、女中が「お湯にお入りなされませ」といってきた。

「弥次さん。ふろにでも入って、気を落ちつけるのがいいよ。」

と、北八。とたんに弥次、「ちくしょうめ。ふろに見せて、[*1]こえつぼに入れようたって、そうはいかねえ！」という。

それを聞いた宿の主人は、「おふろは、きれいな清水でございます。まあ、お入りなされませ」といってさっていったが、弥次はまだまだうたがっている。

「……なら、おいらが先に、ふろに入らしてもらうぜ。」

きりがないので北八が先にふろへ入った。

「はー、いい湯だったぜ。弥次さんも入ってきなよ。」

ふろからもどった北八がいったとき、宿の主人が、酒と料理を運んできた。

「今夜は、*2婚礼がございますんで、お客さま方にも、お酒をふるまいましょう。」

そう聞いても、弥次は、それに手をつけようとしない。

「ごちそうじゃねえか！」

北八はよろこんだが、弥次は「こりゃあ、

*1こえつぼ…畑の肥料とする大小便を入れたつぼ。 *2婚礼…結婚式

やっぱりきつねが、おれをだまそうとしておるんじゃ。ぜったいに、ふろになんぞ入らんぞっ」といいだす。

「ええい、いいかげんにしなよ。しゅうねん深く、思いこんだもんだなあ。」

あきれる北八に、弥次は、「いやいや、ゆだんできねえ。このうまそうな料理も、正体は、馬のくそや、犬のくそだろう」といってきかない。

「そうかいそうかい。なら、おめえは見てなよ。おいらがいただこう。」

北八が、うまそうに飲み、食べはじめる。

それを見れば、食い意地のはった弥次は、そわそわ落ちつかない。

「心配いらねえ。弥次さんも、一杯やりなよ。」

北八がお酒をすすめると、「いや、それは、馬の小便だろう」といっていた弥次も、ついにしんぼうならず、こわごわ飲み、かつ食べはじめた。それが、なんともうまい。

「ええい、もういいやい！」と、弥次も北も、どんどん飲み、食べはじめた。

すると、となりの座しきではお嫁入りが始まったようで、ふすまの向こうから、婚礼の歌が聞こえてきた。よっぱらっていい気分になった二人は、花よめがきれいかどうか見たくなった。そこで、ふすまのすき間からのぞこうと、おしあいへしあいしていると……。

「わわっ。」

とたん、北八がふすまごと向こうへたおれてしまい、花よめ、花むこもびっくり。

「何をなさるっ！」

弥次のドタバタ旅の歌 ―赤坂―

北八は宿の者にしかられ、すごすごとねるはめになったが、そのすきに、弥次は知らん顔でねたふりをしていた。しかし、どうにもおかしくてならない。そこで、ふとんの中の弥次が一首をよんだ。

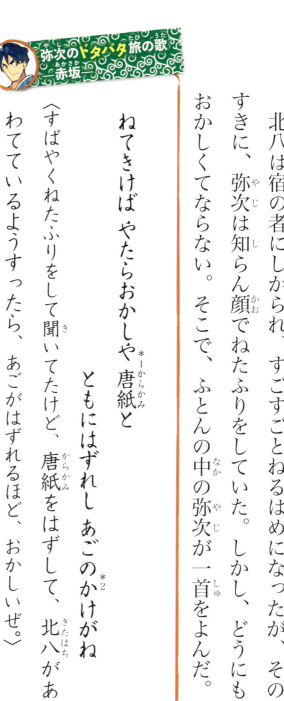

ねてきけば　やたらおかしや　唐紙*1と
ともにはずれし　あごのかけがね*2

〈すばやくねたふりをして聞いてたけど、唐紙をはずして、北八があわてているようすったら、あごがはずれるほど、おかしいぜ。〉

この夜、弥次と北のきつね大そうどうも、ようやくさってくれたようであった。

＊1唐紙…ふすま。　＊2かけがね…あごの骨の、こめかみにつづく部分。

十二　岡崎、うずら焼き

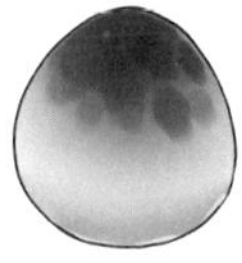

家ごとにあかつき[*1]をつげるにわとりの声がひびき、街道すじの馬がいななく朝、弥次と北は、赤坂の宿をたった。

岡崎を歩いていると、茶店のおばあさんが、「名物のさとうもちはいかがじゃ。お休みなされ、お休みなされ」と、よびかけてきた。

「おお、そのもちは、いくらだ？」

弥次がたずねると、茶店の主人が「こちらは、三文でござりやす」という。

「ほう、そりゃあ、安い！　こっちのうずら焼き[*2]はいくらだ？」と、北八がきけば、主人は、「それも三文でござりやす」という。

そこで北八が、「いや、うずら焼きが、三文は高い」などといいだした。

「ご主人、こうしねえか？　このうずら焼きを二文にまけてくれ。その代わり、さとうもちは、四文で買おうじゃねえか。」

みょうなことをいう北八に、主人は、どっちにしても合わせて六文になり、そんはないので、「それでようございます」といった。

すると北八が、「四文あれば、さとうもちを買おうと思ったが、二文しかねえや。この二文のうずら焼きをもらおうか」といって、二文をはらって、うずら焼きを取り、食べながら、とっとと歩きだした。

＊1あかつき…夜の明けるころ。明け方。　＊2うずら焼き…塩のきいたあんの入った焼きもち。ウズラのまだらもようのような、こげ目をつけて焼いた物。

びっくりする主人を見て、弥次がわらった。
「ハハハハ……こいつぁ、北八、でかした！　一文そんした主人が、
おどろいてたぞ！」
北八は、いい気になって、
「なんと、おいらのちえは、たいしたもんだろう」といえば、

「へん。そのぐらい、おいらだって、できるぜ！」と弥次。
ここから二人の悪ぢえ合戦が始まった。

次の、＊池鯉鮒の宿では、わらじで足をいためた弥次が、茶店につるしてある、わらぞうりを見つけた。

「もしもし、このわらぞうりはいくらだね」と弥次がきけば、ここの主人、「はいはい、十六文でございます」という。

そこで弥次、「こいつは安い！」というと、主人、「はい、安うございますとも。うちのぞうりはじょうぶで、めったに切れたりいたしませんよ」

＊池鯉鮒…今の愛知県知立市あたり。

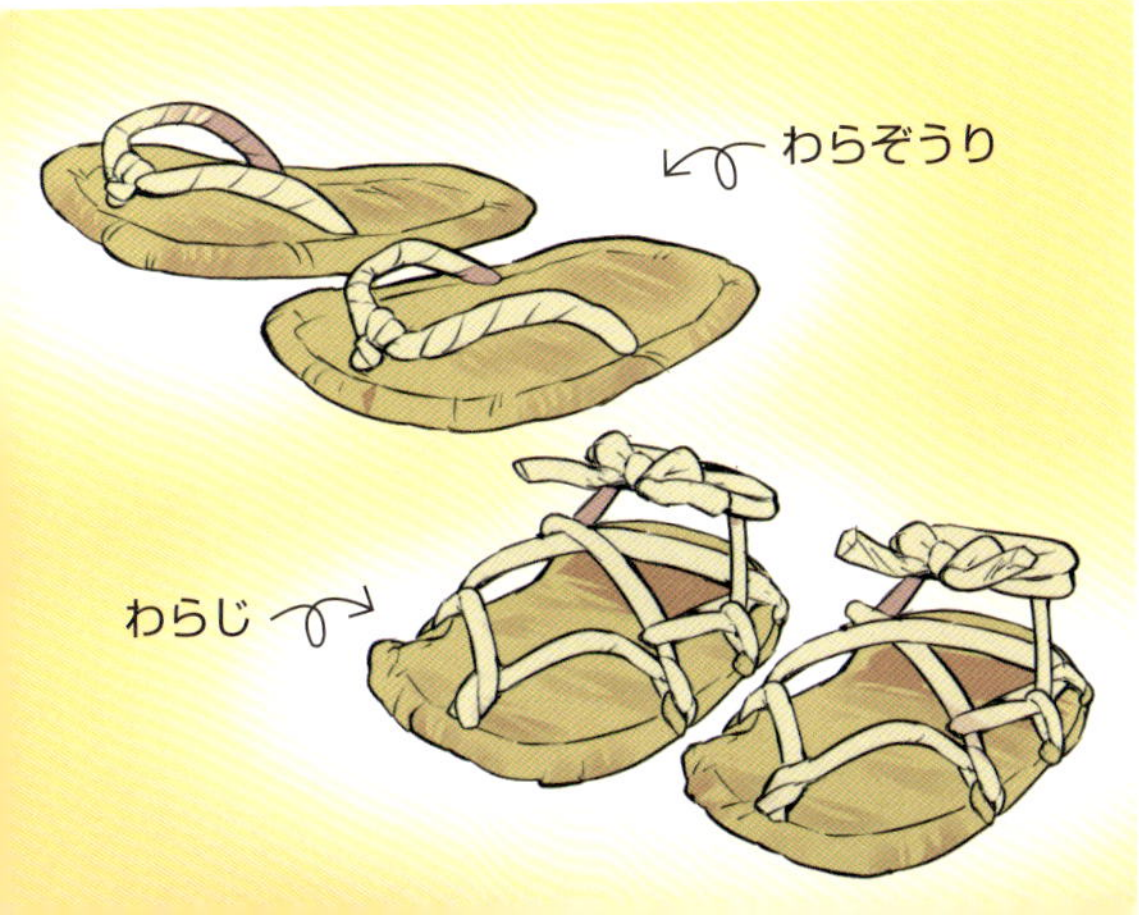

と売りこむ。

弥次ものって、「それはそうだろう。おめえのとこのぞうりには、[*1]はなおがあっていいねえ」という。あきれた北八は、「はなおのねえぞうりが、どこにある」とわらう。

「何しろ、安い物だ」と、つるしてあるぞうりを取った弥次、「あれれ、このぞうりのかた方は小さいようだ。こりゃあ、八文ずつというには、大きいほうは安いが、小さいほうは高いようだ。なあ、ご主人、かた方の大きなほうは九文で買うから、小さいほうは七文に負けてくんなせえ」などといいだす。

「はいはい、合わせて十六文で、ようございます」と、主人がいうと、「しめた！」と弥次。

「おや、一足買おうと思ったが、七文ぽっちしかねえ。しょうがねえから、かた方だけ買おう」といった弥次に、主人は、「ぞうりのかた方だけは売れません」という。

北八は、弥次が、さっきの北八のまねをしようとしていることに、気づき、ひそひそ声でつっこむ。

「もちならいいが、ぞうりをかた方だけ買って、どうなるんだ？」

「何、先へ行って、またかた方を買うさ」と弥次が答えたのに、人のいい主人はわらって、「そんなら、まけて一足十四文にいたしましょう」といってくれる。

そんなこんなで、わらじをぞうりにかえ、その先のしぼりぞめの*2店でも、元の値段より安く、しぼりぞめを買った二人。

*1はなお…げたやぞうりにつける、足の指をかけるひも。*2しぼりぞめ…ぬのなどのそめ方の一つで、ぬののあちこちを糸などでくくり、地色をそめのこして、もようを作るそめ方。また、その模様やそめた物。

これより足を早めて、*2鳴海の宿についた。

弥次のドタバタ旅の歌
―鳴海―

旅人の 急げばあせに 鳴海がた ここもしぼりの 名物なれば

〈旅人が急げば、あせをかく。そこを鳴海と名づけるのも、もっともだ。ここ鳴海も、しぼりの名物があるからな。ふー、伊勢まであと一息。〉

*鳴海…今の愛知県名古屋市のあたり。

十二
お伊勢参り

さてさて、ついに、追分*1の建場*2まで来ると、ここから、街道は二手に分かれる。西へ向かえば東海道の終着点、京*3の都。南に行けば、伊勢神宮である。

「京へも行ってみてえが、ともかく、お伊勢参りだ。」

弥次と北は南の参宮街道へ向かった。宮川を舟でわたり、伊勢の山田へ入る。

*1追分…道が二つに分かれる所。街道の近くに地名としてのこっている所がある。 *2建場…宿場と宿場の間などにある、かごかきや人足たちが休む所。 *3京…京都。

ここは、人家がおよそ九千けんほどで、旅籠やみやげ物屋などが、ずらっとのきをならべている。さすがに神宮の町らしい。どこか、おごそかなようすをしている。

その夜は、＊1妙見町の宿にとまった。

よく朝は、空もうららか、日本晴れ。

さあ、気持ちも晴れやかに、弥次と北は、伊勢神宮へ向かった。

さて、神宮に近づくにつれ、東西の旅人のたえ間もなく、どこも人でいっぱいである。

耳をかたむけると、＊2江戸弁もあれば、＊3京言葉も聞こえてくる。日本各地から旅人が集まっていた。

さらに、旅人があふれかえっていれば、旅人目当ての大道芸人の数も多い。

「すげえな、弥次さん。にぎやかじゃねえか。」

「へっ、芸人たちはどいつもこいつも、おいらのふところのお金が目当てにちがいねえ。」

弥次がむすっとしながらいった。

そこへ、聞こえてきたのは、上がり調子の三味線の音。

ベンベラベンベラ

チャンテンチャンテン

チャンテンチャンテン

＊1妙見町…今の三重県伊勢市にあった町。＊2江戸弁…江戸（今の東京都の中心部）で、主に町人を中心として使われていた言葉。＊3京言葉…京都の人が話す言葉。やわらかい口調で、上品で美しい言葉とされた。

「ありゃ、なんだ？　きれいな女が、三味線をひいてるぜ。」

すると、集まった客が三味線をかなでる二人の女に向かって、一文銭を投げている。

「それっ！」

「どうだ。」

客は、女二人にわざと当たるように投げるものの、女たちは、三味線をひきながら、それをちゃっとよける。それをおもしろがって、おれもおれもと、みんながお金を投げるので、女たちの足元に、たくさんの一文銭が落ちている。

「よしっ、おいらも、やってみようっ！」と、北八も、二、三まいを、女たちに目がけて投げてみるも、女はこっちを見もしないで、

ちゃっちゃとよける。

「くそっ、当たらねえなあ。」

「よしっ、これならどうだっ！」

弥次は[*1]一文銭一本ごと投げたが、それも当たらなかった。

「そんなら、これだっ！」

むきになった弥次は、道ばたの石をひろって投げた。

すかさず、女は三味線のバチ[*2]で石をはねかえし、石は、弥次のおでこにぴしゃりと命中した。

＊1 一文銭一本…昔のお金の一文銭百まいを、一本のひもでつないだもの。 ＊2 バチ…三味線などの弦をはじいて鳴らす道具。

「あいてててっ！」

おでこをおさえ、いたがる弥次に、北八は「ハハハ」と大わらいをした。

三味線の女は、それを見て、「ふふ……」とわらったようだ。

弥次のドタバタ旅の歌
—伊勢—

とんだめに あいの山とやうちつけし
石かえしたる 事ぞおかしき

〈とんだめにあうから、あいの山というのか。投げかけた石をはじきかえされたのは、なんともおかしいぜ。石なんか投げたら、だめだなあ。〉

弥次が、おでこをなでなで行くと、

やてかんせ
お江戸さんじゃないかいな
先なしまさん　*花色さん　ほおかぶりさん
やてかんせ　ほうらんせ

そう歌うのは、ぬけ参りの少女たち。「お江戸さんじゃないかいな」と、旅人の中から、江戸の者を見分けてお金をねだっているのだ。「やてかんせ」は銭をやってください、「ほうらんせ」は銭を放ってくださいということで、通りかかる旅人の着物のがらや、す

*花色…つゆ草の花の色。うすいこん色。

がた形のとくちょうをとらえてよびかける。

しまもようの着物の人、花色（花色もめん）の着物の人、手ぬぐいで、＊ほおかぶりをした人などと、旅人のすがたを、そのまま歌にしてよびかけているのだ。

「やかましいなあ、よってくるな。」

弥次がいったものの、少女たちは、「そういわずに、お江戸さん、ちょっとだけ、くだしゃんせ！」とたのんでくる。

そこで、北八が、「それ、まくぞ、まくぞ！」バラバラと小銭をまいてやった。

「ようくださった！」

「ありがとうございます！」

＊ほおかぶり…手ぬぐいなどのぬのを、頭からほおにかけてかぶること。

少女たち、一人一人が礼をいうのを通りすぎれば、こちらで歌うのは、男たち。

やれ、ふれふれ　五十鈴川
ふれやふれや　ちはやふる
神のお庭の　朝きよめ
するやささらの　えいさらさら　えいさらさ

七、八歳くらいの男の子が、そでなし羽織[*1]に、たっつけばかま[*2]をを着て、頭には白い八巻、手には扇など持って、まいおどっている。その後ろで、父親らしい男が、ささら竹を鳴らしながら歌っている。

＊１羽織…和服の着物の上に着る、たけの短い上着。＊２たっつけばかま…男性のはかまの一つで、ひざから下を細く作ってある。動きやすいため、武士や商品を売り歩く商人などが、旅行用にはいた。

そこでも、四文銭をやった弥次と北、そして二人はいよいよ内宮[3]につながる五十鈴川の宇治橋にかかった。この宇治橋を渡って内宮に入る。

その宇治橋の下に、長いあみざおを持った者たちがいた。なんと、あみを使って橋から五十鈴川に投げられるさい銭を、受けとめているのだ。一銭一文たりとも落とさず、さっさとすべて受けとめる。

そんなこんなのより道をして、ようやく、内宮の社の前に着いた。一の鳥居をくぐって、御門をくぐり、弥次と北が、社殿[4]前の玉じゃりに[5]ぬかずけば、陽の光にてりそろう宮柱はおごそかで、さすがの弥次北も身をひきしめる。

＊３内宮…伊勢皇大神宮のこと。＊４社殿…神社で、神としてまつられているものを、おさめる建物。＊５ぬかずく…ひたいを地面にすりつけるようにして、ていねいにおがむ。

北八のドタバタ旅の歌
—伊勢—

日にまして　光りてりそう　宮柱
　ふきいれたもう　伊勢の神風
〈伊勢の神風がふく宮柱は、日の光にてりそろって、ますますおごそかだ。
やっとお伊勢参りができたぜ！〉

こうして、心あらため、お伊勢さまにお参りをした。

そこから見上げる空は真っ青で、ぽっかりうかぶ白い雲。

気持ちのいい風が渡る街道には、木々の木もれ日がキラキラゆれ、草はやわらかにサワサワ*ないで、空も空気も、あらわれたようにすみきっている。

心も軽く、足取りも軽い弥次と北。

「弥次さん、見ろよ。お伊勢さまの神風か。まったく、いい風、いい天気だな。このまま、京、大坂へも足をのばすかい？」

北八がいえば、弥次も答えた。

「おう、北、それもいいな。だがまあ、ともかく、そこらの茶店で、一杯やろう。今日は、おいらがおごってやるぜ！」

「おっと、兄貴。いただきやす！」

何より、楽しいことが一番の弥次と北。

東海道中膝栗毛、伊勢神宮までの道中は、まずはここまで。


（おわり）

＊なぐ……おだやかにゆれる。

おとぼけコンビの弥次さん・北さん

旅で、次々とまきおこるゆかいな出来事！

文・越水利江子

『東海道中膝栗毛』は、江戸後期に、約二十年に渡って出版されつづけた旅案内ともいえるこっけい本です。

作者は、戯作者とよばれた十返舎一九です。

東海道は、江戸の日本橋から、伊勢まで、さらに京都、大阪までつづく街道です。

その東海道を、てくてく旅する弥次郎兵衛と北八（弥二郎兵衛と喜多八とも書きます）のゆかいな道中記は、江戸の人たちのベストセラーでした。

これまで、何度も映画化やドラマ化されてきた『東海道中膝栗毛』は、のんびり楽しく、さらに、ゆかいな連中が次々登場するあたり、現代の日本人にとっては、遠くなった故郷のような世界だったのかもしれませんね。

それで、くりかえし映画になったり、ドラマになったりして、時代をこえ、日本人に愛されてきたのだと思います。

この本では、その長い道中記のうち、子どもたちに楽しんでもらえる事件をえらんで書きましたが、何より、江戸時代の旅というのは、異世界を体験できる冒険の場でもあったのです。

だから、子どもから大人まで、たとえお金がなくても、家出同然に旅に出てしまうようなこともあって、そういうお金のない人でも旅がつづけられるような習慣や、旅の人情が、このころにはありました。

それは、現代ではなかなか体験できない、ゆたかな文化だったといえるのかもしれません。

今も昔も、旅先には、いい人も悪い人もいます。

弥次と北も、いい目をみたり、ひどい目にあったり……それでも、わらいとばして、旅をつづけるのです。

考えてみれば、旅とは、人生と同じなのかもしれません。

もうだめだと思わないで、つらいこともわらいとばして、てくてく歩いていけば、いいことが勝手にやってきてくれることもあるのです。

そんな、弥次さん、北さんのゆかいな旅を、この本で、いっしょに体験してみてください。

きっと、江戸時代が、弥次さんと北さんが、すきになりますよ。

日本の名作にふれてみませんか

監修 元梅花女子大学専任教授 加藤康子

人は話がすき

人は話がすきです。うれしかった、悲しかったなど、心が動いたときに、その気持ちをだれかに話したくなりませんか。わくわくしている人の話を聞きたくなりませんか。どの地域でも、どの時代でも、人は話がすきです。文章で書き記し、多くの人々が夢中になって、受けついできた話が「名作」です。人々の心を動かしてきた日本の「名作」の物語をあなたにおとどけします。

「名作」の力

「名作」には内容にも言葉にも力があります。一人で読むと、想像が広がり、物語の世界を体験したような思いがして、心が動きます。

さらに、読む年れいによって、いろいろな感想や意見が生まれます。小学生のときにふしぎだったことが、経験をつんで大人になるとなっとくでき、新しい考え方をすることがあります。「名作」の物語の世界は、読む人の中で、広く深く長く生きつづけるのです。

「名作」は宝物

今、あなたは日本の「名作」と出会ったことでしょう。このシリーズでは、みなさんが楽しめるように、文章やさし絵などを工夫しています。ページをめくって、作品にふれてみてください。

そして、年を重ねてから読みかえしてみてください。できれば、原作の文章や文字づかいにも挑戦してください。この「名作」は、あなたの一生の宝物です。

文　**越水利江子**（こしみず　りえこ）
作家。元東北芸術工科大学客員教授。日本ペンクラブ、日本児童文芸家協会所属。『風のラヴソング』で芸術選奨新人賞、日本児童文学者協会新人賞、『あした、出会った少年』で日本児童文芸家協会賞を受賞。『忍剣花百姫伝』シリーズ（ポプラ社）など著書多数。
公式ブログhttp://d.hatena.ne.jp/rieko-k/

絵　**丸谷朋弘**（まるたに　ともひろ）
「きんにく」名義でイラストレーターとして活動。児童向け書籍や、ソーシャルゲームのイラストなどの制作を手がける。主な作品に、『絶叫！おばけのめいろあそび デラックス』（成美堂出版）、『マジやば！なぞなぞスペシャル☆2400問!!』（ナツメ社）などがある。

監修　**加藤康子**（かとう　やすこ）
愛知県生まれ。東京学芸大学大学院（国語教育・古典文学専攻）修士課程修了。中学・高校の国語教員を経て、梅花女子大学で教員として近代以前の日本児童文学などを担当。その後、東海大学などで、日本近世文学を中心に授業を行う。

写真提供／国立国会図書館 神奈川県立歴史博物館 神宮文庫 慶應義塾図書館　地図イラスト／入澤宣幸

10歳までに読みたい日本名作10巻

東海道中膝栗毛

弥次・北のはちゃめちゃ旅歩き！

2017年12月26日　第１刷発行
2024年５月10日　第９刷発行

原作／十返舎一九
文／越水利江子
絵／丸谷朋弘
監修／加藤康子
装幀・デザイン／石井真由美（It design）
本文デザイン／ダイアートプランニング
大場由紀

発行人／土屋　徹
編集人／芳賀靖彦
企画編集／岡澤あやこ　松山明代
編集協力／勝家順子　上埜真紀子
ＤＴＰ／株式会社アド・クレール
発行所／株式会社Gakken
〒141-8416 東京都品川区西五反田2-11-8
印刷所／株式会社広済堂ネクスト

この本に関する各種お問い合わせ先
●本の内容については、下記サイトのお問い合わせフォームよりお願いします。
https://www.corp-gakken.co.jp/contact/
●在庫については　Tel 03-6431-1197（販売部）
●不良品（落丁、乱丁）については　Tel 0570-000577
学研業務センター　〒354-0045　埼玉県入間郡三芳町上富279-1
●上記以外のお問い合わせは　Tel 0570-056-710（学研グループ総合案内）

NDC913　154P　21cm

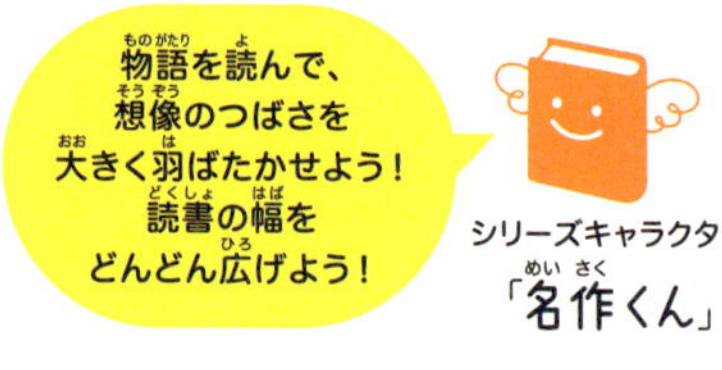
物語を読んで、
想像のつばさを
大きく羽ばたかせよう！
読書の幅を
どんどん広げよう！
シリーズキャラクター
「名作くん」

また、あおう!